AF451858

Nouvelle Collection illustrée.   L'ouvrage complet **95** centimes.

François Coppée

DE L'ACADÉMIE FRANÇAISE

Les

Vrais

Riches

Calmann-Lévy, Éditeurs.

Les Vrais Riches

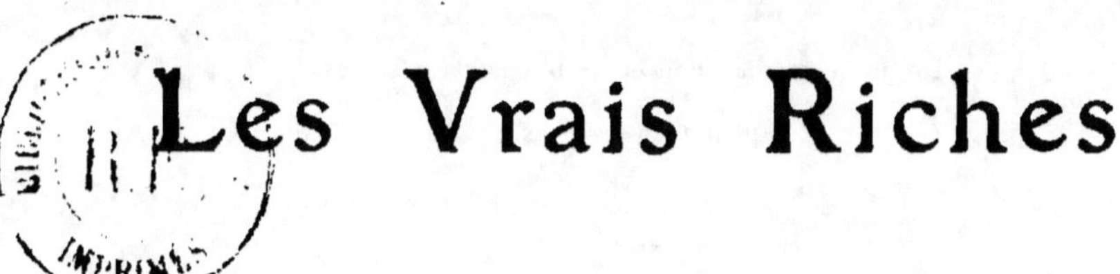

Droits de reproduction et de traduction réservés

pour tous les pays.

Paris. — Imp. L. Pochy, 52, Rue du Château. — 857-10-10

FRANÇOIS COPPÉE

de l'Académie française

Les Vrais Riches

ILLUSTRATIONS

DE

LOBEL-RICHE

PARIS

CALMANN-LÉVY, ÉDITEURS

3, RUE AUBER, 3

Propriété de la Librairie Lemerre

ON REND
L'ARGENT

I

L'HONNÊTE CRIMINEL

Nom d'un chien, qu'il faisait froid !

Un brouillard à couper au couteau, un vrai brouillard de veille de Noël, où les becs de gaz qu'on venait d'allumer, bien qu'il fût à peine quatre heures de l'après-midi, ne jetaient que des halos jaunâtres, et où les passants — silhouettes fantastiques — se hâtaient sur les trottoirs, les mains dans les poches, le collet du paletot relevé, et trépignant comme s'ils eussent été en colère.

Et que de toux ! que d'éternuements !

Ce n'était qu'un catarrhe, dans la foule tumultueuse, tout le long de la Chaussée-d'Antin. Hum ! Hum ! Ha ! Atchoum !... Le cocher de fiacre faisant le gros dos sous son carrick, le petit trottin de modiste frissonnant sous sa retinpette de faux astrakan, le gamin garrotté de cache-nez et se chauffant les mains au fourneau du marchand de marrons, le « monsieur très bien » enveloppé d'une lourde pelisse, tous sacrifiaient à la bronchite ou au rhume de cerveau.

Le vilain Noël, en vérité ! Et comme il est consolant de penser que Bethléem est sous un ciel tempéré et que Jésus y naquit dans une étable, où les haleines d'un bœuf et d'un âne réchauffaient sa frileuse nudité. Supposez que la chose se fût passée dans cet affreux climat de Paris, à la même date de l'année. C'est justement l'époque où le bâtiment ne va pas, et où

LE GAMIN GARROTTÉ DE CACHE-NEZ...

tout manque, chez un pauvre charpentier, notamment le bois pour la cheminée ou l'anthracite pour le choubersky. Il y aurait eu bien peu de chance pour que le nouveau-né vécût.

Et combien c'eût été dommage ! Car, n'est-ce pas ? en dehors de toute idée religieuse et abstraction faite du corps de doctrine morale qui console une grande partie du genre humain depuis près de dix-neuf cents ans, rien n'est plus touchant que cette fête de Noël et que cette allégresse générale pour célébrer la naissance d'un petit enfant.

Par ces brumeuses journées d'hiver, il est doux de s'acagnarder au logis ; et, dans son modeste appartement au troisième étage d'une maison de la rue de Clichy, l'abbé Moulin, le vieux vicaire de la Trinité, s'était à peu près endormi, les pieds au feu, en lisant son bréviaire.

C'était un excellent homme, cet abbé Moulin, mais fort simple, et qui, comme on dit vulgairement, n'avait pas inventé les pains à cacheter.

Entre parenthèses, cette locution ne vaut rien. Les pains à cacheter, aujourd'hui tombés en désuétude, et que, seules, nos administrations, routinières et fidèles aux usages, s'obstinent à employer, constituent un médiocre bienfait pour l'humanité, et leur invention ne peut être considérée comme un coup de génie.

Quoi qu'il en soit, l'abbé Moulin ne les avait pas inventés et n'avait **même rien** inventé du tout. Avec sa foi de charbonnier et ses bonnes grosses vertus, ce vieux prêtre était une exception dans le clergé de Paris, en général si avisé et connaissant si bien la pratique du monde. L'abbé Moulin avait longtemps exercé son ministère dans la banlieue, dans les paroisses populaires, près des pauvres, et, là, il avait donné les preuves d'une naïve et délicieuse charité. Son patrimoine — plusieurs milliers de francs de rente, s'il vous plaît — y avait passé jusqu'au dernier sol.

Il avait même fait quelques dettes, dont il s'acquittait difficilement. Qui l'en blâmerait ? Emprunter pour donner, devenir un peu insolvable pour soulager la misère, c'est du socialisme, après tout, et du meilleur.

En haut lieu, on souriait du bonhomme, mais on l'estimait beaucoup tout de même ; et, quand il fut absolument à sec, on eut pitié de lui et on le nomma vicaire dans cette riche paroisse de la Trinité, où, du moins, on était sûr qu'il ne mourrait pas de faim, vu le grand nombre de dîners en ville. Il se laissa faire, courut présenter ses humbles remerciements à l'Archevêché, eut son couvert mis une fois par semaine chez un agent de change et un commissaire-priseur dont les femmes étaient pieuses, ainsi que chez une ancienne chanteuse d'opérette, retirée du théâtre pour cause d'embonpoint éléphantiasique et réfugiée dans la dévotion.

Mais l'abbé n'était pas gastronome, et, dans le fond de son cœur, il regrettait ses derniers paroissiens, ses chiffonniers de la Butte-aux-Cailles, qu'il allait visiter, naguère, à la nuit tombante, ayant sous son bras, comme une cuisinière, un panier rempli de sucre, de café, de bas de laine, de gilets, de tricots, de médicaments et d'autres douceurs. Tous les matins, à son réveil, il regardait avec attendrisse-

ment, sur le mur de sa chambre à coucher, au-dessus de son prie-Dieu, un souvenir qui venait de ses chers chiffonniers, un crucifix tout en coquilles de moules.

Ce prêtre plébéien ne tarda pas à être jugé — est-il besoin de le dire ? — par son curé, superbe ecclésiastique de cinquante-huit ans, très décoratif, aux façons de prélat et de grand seigneur, célèbre pour sa ressemblance frappante avec le feu roi Charles X. L'abbé Moulin, orateur lourd et filandreux, fut tout de suite éloigné de la chaire, et les corvées pénibles l'accablèrent : catéchismes, convois funèbres, messes matinales ou très tardives. Comme pénitentes, il eut sur-le-champ le rebut des autres confessionnaux, les folles et les bavardes découragées par ses confrères, et il trouva l'occasion d'exercer sa patience évangélique en écoutant les confidences des bonnes qui se plaignaient de leurs maîtresses et des patronnes qui disaient du mal de leurs domestiques. Mais il était un de ces chrétiens candides qui acceptent toutes les disgrâces et les offrent humblement à Dieu.

Attention, là ! Je vais, je me lance, je parle en bons termes d'un vicaire, d'un ensoutané, et peut-être serai-je lu par des francs-maçons, des mangeurs de prêtres, qui vont encore me traiter de calotin. Faisons-leur vite une concession et accordons-leur que l'abbé Moulin n'était qu'un faible d'esprit, puisqu'il croyait, dur comme fer, à l'Immaculée Conception et à l'infaillibilité du Pape.

Ce qui est immaculé et ce qui est infaillible, c'est le suffrage universel. Voilà qui est convenu.

Tout en oubliant son bréviaire ouvert sous la lampe et en somnolant au coin du feu, la soutane un peu relevée, les pieds posés sur la barre de la cheminée, l'abbé

Les vrais riches

QU'IL ALLAIT VISITER, NAGUÈRE, A LA NUIT TOMBANTE...

Moulin songeait donc à ses anciens paroissiens, les chiffonniers, qui, là-bas, à la Butte-aux-Cailles, avaient tant de peine à vivre et pullulaient comme des lapins. L'année dernière, il était encore parmi eux, et il avait vendu son dernier titre

missaire-priseur, où flamboyait un si beau buisson d'écrevisses, et chez l'ancienne diva, où l'on ne buvait que du Léoville 74 et où il y avait toujours des truffes sous la serviette, le brave homme avait bien essayé, au moment du rôti, de faire un

LES CHIFFONNIERS, QUI, LA-BAS, A LA BUTTE-AUX-CAILLES...

de rente quatre et demi pour porter à leurs enfants, à l'occasion de Noël, quelques cadeaux utiles, tels que du linge et des chaussures. Cette année, sa bourse étant vide, il n'aurait pas ce plaisir.

Au dernier dîner de la femme du com-

appel à la charité en faveur des petits chiffonniers ; mais il s'y était pris maladroitement.

Quand, pour apitoyer l'opulente bourgeoise, il avait déploré le grand nombre de filles-mères qu'on trouvait dans le monde des chiffons, elle avait pincé les lèvres d'un air choqué ; et, quand il avait parlé à la chanteuse de l'épidémie de

L'ABBÉ MOULIN.

teigne qui sévissait, deux ans auparavant, sur la marmaille du quartier Mouffetard et de Gentilly, l'énorme personne s'était écriée : « Fi ! l'horreur ! » et avait pensé s'évanouir de dégoût. Bref, le pauvre abbé n'avait rien obtenu, et, déçu dans son espoir, avait fort mal digéré les truffes et les écrevisses.

C'était fini ! Il ne pouvait plus rien pour ses humbles amis, pour ses anciens pauvres, pas même donner aux cinq orphelins recueillis par leur grand'mère, la marchande de ferraille de la rue Croulebarbe, une des assiettes de petits fours qui ornaient le dessert de la commissaire-priseuse, ni apporter une ou deux bouteilles de vin vieux à la fille du père Jules, le doyen des porteurs de hotte, à cette pauvre petite Céleste qui se mourait d'anémie — à treize ans ! — et qui, certes, avait plus besoin de boire du Léoville 74 que la mafflue et adipeuse cantatrice positivement menacée d'éclater de pléthore un de ces quatre matins.

Sans compter qu'il y avait promesse de mariage entre Alexandrine, l'ouvrière en perles fausses de la rue du Fer-à-Moulin, et Joseph, qui travaillait dans les mottes à brûler, rue de l'Arbalète ; et que, si l'abbé, qui leur avait fait faire leur première communion, n'inventait pas tout de suite les quelques cents francs nécessaires pour l'entrée en ménage, les amoureux étaient bien capables de se passer du sacrement. Ah ! mais !...

L'abbé Moulin en était là de sa mélancolique rêverie, quand il en fut éveillé par un violent coup de sonnette. Comme il n'avait pas de servante et se contentait d'un lit fait à coups de poings et d'une chambre époussetée par la concierge chaque fois qu'il lui tombait un œil, l'abbé se leva, prit la lampe, alla ouvrir et se trouva en présence d'un grand et solide gaillard, vêtu d'un ulster de voyage à double pèlerine, coiffé d'un feutre à larges ailes, et remarquable par son air

résolu et par sa longue barbe grise, seulement rasée sur la lèvre supérieure, à l'américaine.

— C'est bien l'abbé Moulin que j'ai
l'honneur de sa-
luer ? dit le visi-
teur en se décou-
vrant.

— Oui, mon-
sieur, répondit le
prêtre.

— Je me pré-
sente   donc...
Adam Harrison,
de Chicago, mar-
chand de porc
salé, qui désirerait
de vous, monsieur
l'abbé, la faveur
d'un entretien...
Oh ! n'ayez pas
peur de ma grande
barbe et de ma
tournure de sau-
vage, ajouta-t-il
comme pour ras-
surer le vicaire
un peu interdit
par cette visite
inattendue. Le
petit service que
j'ai à vous deman-
der, — car je vais
m'adresser à votre
obligeance, —
vous me le ren-
drez, je l'espère,
avec empresse-
ment ; et je n'ou-
blierai pas vos
pauvres.

Par ces derniers mots, l'inconnu s'était
déjà concilié les bonnes grâces de l'abbé
Moulin, qui se hâta de l'introduire dans

son petit salon et poussa un fauteuil devant le feu.

— Asseyons-nous donc, monsieur, dit
le prêtre avec un sourire de bon accueil,

ADAM HARRISON.

et ayez la bonté de me faire savoir comment je puis vous être utile.

L'Américain — ou le soi-disant tel —

prit aussitôt séance avec un parfait sans-gêne. Il jeta son feutre sur le tapis, déboutonna son ulster, croisa ses jambes et présenta à la flamme un de ses lourds souliers de cuir fauve à double semelle. Puis, brusquement, et après avoir caressé sa longue barbe :

— Me prenez-vous vraiment pour un Yankee ? demanda-t-il.

Seulement alors, l'abbé Moulin s'avisa de remarquer que son interlocuteur n'avait aucune espèce d'accent étranger.

— Mais ?... fit le bonhomme avec embarras.

— C'est que, voyez-vous, reprit l'inconnu, s'il est vrai que j'habite Chicago, dont j'arrive, ce soir même, en droite ligne, par les voies rapides, — tel que me voilà je descends de l'express du Havre, — si je vends, en effet, là-bas, du porc salé, je ne m'appelle pas Adam Harrison... Adam Harrison, c'est comme qui dirait mon nom de guerre... Tenez ! j'abats tout de suite mon jeu ; c'est plus simple... Je suis Renaudel, l'ancien banquier de la rue du Faubourg Saint-Honoré... Renaudel qui, en 1886, s'est enfui avec la caisse et qui a été condamné par contumace à vingt ans de travaux forcés pour faux et abus de confiance.

Stupéfait et par un instinctif mouvement de répugnance, l'abbé Moulin recula son siège.

— Sans m'avoir jamais vu, monsieur l'abbé, poursuivit l'homme, vous n'ignoriez pas mon existence, puisque vous avez été le confesseur de ma défunte femme... Si elle avait vécu, peut-être serais-je resté un honnête garçon. J'étais veuf depuis trois ans lorsque j'ai fait le coup... Et, par la suite, vous avez sans doute appris ma faute et ma condamnation ?

Silencieusement, l'abbé fit un signe de tête affirmatif.

— Et moi aussi, je vous connaissais sans vous avoir vu... Ma pauvre Julie m'a assez souvent parlé autrefois de son abbé Moulin, du prêtre des chiffonniers... Donc, vous sachant une bonne pâte d'homme, incapable de me livrer, je suis venu à vous de confiance... Ai-je eu tort ?

Et, en posant cette question, le faux Américain, qui n'avait plus du tout l'air d'un banquier, mais bien l'apparence d'un batteur d'estrade prêt à jouer du couteau et du revolver, leva et fixa sur le prêtre deux yeux couleur d'acier et d'une singulière énergie.

La confiance d'un tel personnage, il faut bien le dire, ne semblait pas du tout flatter l'abbé Moulin, et il ne savait trop que répondre.

— Assurément, balbutia-t-il, vous n'avez rien à craindre de moi... Le saint ministère que j'exerce, le caractère dont je suis revêtu... me font un devoir... de la plus grande miséricorde... Mais en quoi puis-je vous obliger ?

Devant l'inquiétude du bonhomme, Renaudel eut un petit rire en dessous.

— Allons, monsieur l'abbé, avouez que ma visite ne vous fait aucun plaisir et que vous me considérez comme une franche canaille.

— Vous riez, monsieur, répondit assez vivement le prêtre, malgré sa timidité naturelle. Mais n'ai-je pas le droit de me souvenir que vous avez commis une action très coupable, ruiné plusieurs familles, fait bien du mal ?

— Et si je venais pour le réparer ? s'écria l'ex-banquier, qui, tirant un portefeuille d'une poche intérieure de ses vêtements, le posa sur la table, à côté du bréviaire de l'abbé Moulin.

» Il y a ici, continua Renaudel d'une voix forte, il y a dans ce portefeuille, en quatre bonnes traites sur les plus solides et les plus honorables établissements de crédit, une somme de deux millions deux cent quatre-vingt trois mille cent cinquante-trois francs, — je vous épargne les centimes, — qui représente exactement, capital et intérêts composés, ce que je reste devoir à ceux à qui j'ai fait tort. Je destine cet argent à mes quatre derniers créanciers, les plus gros ; car j'ai déjà désintéressé, par correspondance, ceux à qui je devais des sommes moindres. Les plus pauvres me paraissaient plus à plaindre que les autres ; ils ont été payés les premiers... Maintenant, monsieur l'abbé, voici le service que j'attends de vous. Vous allez prendre ce portefeuille. Je vous donnerai la liste de mes quatre créanciers, avec leurs adresses, que je me suis fait récemment télégraphier, à Chicago, par une agence de renseignements. Vous me laisserez seul ici, à tisonner votre feu, — et, si vous le permettez, à fumer quelques cigares, — ici, où l'on ne viendra certainement pas chercher et arrêter un contumax. — Vous monterez dans le fiacre qui est en bas, — il va bien et le cocher a reçu d'avance un louis de pourboire. — Vous vous ferez conduire aux quatre adresses indiquées. Vous verrez les quatre personnes, — votre robe vous permet de pénétrer partout et de forcer bien des consignes. — Vous leur remettrez les traites, sans dire que je suis à Paris ni comment elles sont entre vos mains. Vous vous ferez délivrer des reçus, — ils sont aussi dans le portefeuille, tout prêts, on n'a qu'à signer. — Vous me les rapporterez. Je remonterai dans le même fiacre. Je me ferai conduire à la gare Saint-Lazare, j'y prendrai l'express de minuit pour le Havre, où j'ai laissé ma malle à la consigne. Demain matin, le transatlantique *la Normandie* appareillera à neuf heures et demie,

emportant définitivement votre serviteur dans le Nouveau-Monde. — Et il y aura mille francs pour vos pauvres... Cela vous va-t-il ?

Quelqu'un d'abasourdi, c'était l'abbé Moulin. Il n'avait pas, nous en sommes convenu, une forte tête, et, franchement, les événements qui se passaient chez lui étaient bien faits pour troubler de plus solides têtes que la sienne.

Que de choses surprenantes ! D'abord, un voleur et lui, causant au coin du feu, comme une paire d'amis ; puis cet escroc, ce scélérat, ce condamné aux travaux forcés, venant rembourser ses créanciers jusqu'au dernier liard et tirant des millions de sa poche, comme s'il en pleuvait. Et puis, et puis surtout, mille francs pour ses pauvres à lui, l'abbé Moulin ! Mille francs, c'est-à-dire de quoi payer un réveillon à tout casser aux chiffonniers de la Butte-aux-Cailles, de quoi vêtir des pieds à la tête les cinq orphelins de la rue Croule-barbe, avec chacun vingt francs dans la poche du gilet, de quoi faire une rente d'huile de foie de morue et de vin de quinquina à la petite Céleste, de quoi marier, à l'autel de la Vierge et avec le petit orgue, les mottes à brûler de la rue de l'Arbalète et les perles fausses de la rue du Fer-à-Moulin !...

Non, c'était à tomber à la renverse ! Un conte de fée tout simplement. Le vieux prêtre se demanda s'il ne rêvait pas, se leva de son fauteuil pour se prouver à lui-même qu'il était bien éveillé...

Mais oui, tout cela était bien réel, et l'homme à la longue barbe était toujours là, installé comme chez lui, les jambes croisées et lui disait encore une fois :

— Cela vous va-t-il ?

— Pouvez-vous me le demander ? s'écria le bonhomme. Comment ? Réparer les malheurs que vous avez causés, rendre

leur fortune à de pauvres gens ruinés !...
Et cet acte de charité si généreux !...
C'est-à-dire que c'est admirable !... Et je
suis tout prêt...

Mais, soudain, un scrupule arrêta le
digne prêtre. D'où venait tout son argent ?
Quelle en était la source ? Impure, sans
doute ; peut-être sanglante. Qui sait si
cet ancien banquier à tête de brigand
n'avait pas — le rifle au poing, suivi d'une
bande de Peaux-Rouges avec des plumes
d'aigle dans le chignon et des anneaux
dans le nez — dévalisé le « rapide » du
Transcontinental et scalpé tous les voya-
geurs ?

— Mais, excusez-moi... Permettez-moi
une question indiscrète, dit l'abbé Moulin
presque bégayant. Ces deux millions, cette
somme énorme... Comment vous l'êtes-
vous procurée ?...

— Très honnêtement, répondit Renaudel sans hésitation. Oh ! à l'américaine,
cela va sans dire. En d'autres termes, à
force de travail, d'audace et de volonté.
Ces deux millions, — et quelque petite
réserve que j'ai encore là-bas, pour con-
tinuer les affaires, — je les dois uniquement au commerce des porcs salés, et ils
m'appartiennent par les bénéfices les plus
légitimes... Quand je vous disais tout à
l'heure que je me suis enfui avec ma
caisse, je m'exprimais mal. Je n'ai pris la
fuite que lorsque ma caisse a été absolument vide. Comment en suis-je arrivé là ?
Imaginez-vous un pauvre homme qui
adore sa femme, qui la perd, qui veut
s'étourdir, tuer son chagrin, qui, n'ayant
plus un sentiment, tombe dans un vice...
Vous voyez d'ici la vie à outrance, les
dépenses folles... Ah ! ce que m'a coûté
cette délicieuse ingénue de la Comédie-
Française, qui disait si chastement « Le
petit chat est mort » dans l'*École des
Femmes*, et à qui vous auriez donné, mon-

sieur l'abbé, le bon Dieu sans confes-
sion !... Et puis, quand on a entamé le
magot des clients, il y a la Bourse, où l'on
joue quitte ou double... et où j'ai perdu !...
Mais peu importe ! Sachez seulement que,
lorsque le paquebot m'a jeté sur les quais
de New-York, avec mon petit garçon sur
les bras, — car j'ai un enfant de huit ans,
monsieur l'abbé, qui a coûté la vie à sa
mère, — sachez donc que, le jour de ma
première promenade dans Broadway, je
n'avais pas vingt francs sur moi... Non !
ce n'est pas avec le produit du vol que
j'ai commencé à refaire ma fortune. Il est
pur, l'argent qui est dans ce portefeuille,
je vous en réponds... Mais je lis encore
une hésitation dans vos yeux... Allons,
parlez franchement. J'ai mérité de tout
entendre.

— Eh bien, dit l'abbé Moulin, encore
une fois, pardonnez-moi si je vous fais
offense... Mais vous avez si peu l'attitude
d'un pécheur repentant... Enfin, je cherche, je me demande comment vous vous
êtes décidé à cette restitution.

— Vous ne m'offensez nullement, reprit Renaudel, et votre curiosité est toute
naturelle. Pour tout dire, l'année dernière
à pareille époque, je ne songeais pas le
moins du monde à désintéresser mes créanciers. Je vivais là-bas sous le nom d'Harrison, me faisant passer pour un Anglais
élevé à Marseille. J'en avais fini avec la
vieille Europe ; le câble était coupé, j'a-
vais changé de peau. La fortune me souriait, je possédais déjà un très gros capital, et je me disais : « Tout va bien !
Renaudel est mort. Vive Harrison !... »
Non ! je n'étais pas un pécheur repentant, comme vous dites, je n'avais que de
très vagues remords. C'est même étonnant comme on oublie vite le passé...
D'ailleurs, je regrette de vous faire cet
aveu, mais je ne crois ni à Dieu ni à dia-

ble... Pourtant, si la probité s'est réveillée en moi, c'est à cause des dernières fêtes de Noël.

Le vieux prêtre eut un sursaut d'étonnement.

» Vous savez quelle importance elles ont dans les pays anglais ou d'origine anglaise ; et, pour le réveillon de l'an dernier, la femme d'un négociant de Chicago, avec qui je fais beaucoup d'affaires avait organisé une soirée enfantine, où je conduisis mon petit Victor. Il faut que vous le sachiez : dans la déroute de mes bons sentiments, j'en ai du moins retenu un, l'amour paternel. J'adore mon fils, qui me rappelle ma pauvre Julie et le temps où je n'avais rien sur la conscience. Il a huit ans maintenant ; c'est presque un petit homme ; mais je le soigne comme un bébé et, tous les soirs, je le borde dans son lit... Donc, je le mène à cette réunion d'enfants ; il s'y régale de pudding, dévalise avec les autres gamins un petit sapin chargé de jouets et de bonbons, et s'amuse comme un dieu. Assis au coin d'une table, devant une tasse de thé, je le regardais et j'étais heureux de sa joie... Et, bien que je n'aie pas de religion, je me disais tout de même que c'était quelque chose de délicieux dans la société chrétienne, que cette fête de Noël, que cette fête de l'enfance où la vue du bonheur des petits semble communiquer, pour un jour, un peu d'innocence et de pureté aux hommes mûrs et aux vieillards qui, tous, les ont plus ou moins perdues... Et, pour la première fois depuis longtemps, depuis ma fiévreuse existence de joueur et de débauché, depuis mon crime, depuis ma nouvelle vie de travail, si dure et si âpre, je sentis quelque chose de doux et d'amer tout ensemble qui m'attendrissait le cœur... C'est alors que mon petit Toto, las d'avoir tant joué et d'avoir tant ri,

vint s'asseoir sur mes genoux et appuya sa tête contre mon épaule. Le marchand de sable avait passé, comme disent les mamans, et Toto allait s'endormir. J'avais préparé, bien entendu, à son intention, une belle surprise pour le lendemain matin, et je dis à mon fils : « Toto, n'oublie pas, avant de te coucher, de mettre tes souliers dans la cheminée, n'est-ce pas ? » Il rouvrit ses yeux ensommeillés et me répondit : « Oh ! non, bien sûr... Et sais-tu, papa, ce que je voudrais qu'il m'apporte, le petit Noël ?... Eh bien, c'est une boîte de soldats de plomb. Mais, tu sais, des soldats en pantalon rouge, comme il y en avait de tout vivants dans ce grand jardin où ma bonne me menait promener, quand j'étais si petit... Tu sais bien, le grand jardin devant la rue aux arcades, rempli de statues et d'arbres dans des caisses vertes... Tu te souviens, dis ?... Quand je portais encore des jupes, comme une petite fille, et que je m'appelais Toto Renaudel... » L'enfant, accablé de fatigue, s'endormit après avoir prononcé ce mot... J'étais atterré, et un frisson soudain me glaça des pieds à la tête. Ainsi, Victor, qui cependant avait quatre ans à peine au moment de notre fuite, Victor se rappelait sa première enfance. Il se rappelait ce nom de Renaudel, le sien et le mien, que j'avais déshonoré !... Ah ! cette nuit-là, monsieur l'abbé, je l'ai passée à veiller auprès du berceau de mon fils et à faire de terribles réflexions. Je me suis dit, dans cette nuit-là, que, moi, le criminel impuni, je jouissais d'un bonheur dont je n'étais pas digne, et qu'un jour ou l'autre la justice des choses se servirait sans doute de cet enfant pour me châtier ! Je me suis dit que, puisque Victor n'avait pas oublié son vrai nom, un hasard suffirait pour lui apprendre que ce nom était celui d'un vo-

leur, d'un forçat en rupture de ban !...
Cette pensée que mon fils connaîtrait la
vérité, qu'il rougirait de moi, qu'il aurait
horreur de moi, m'a été insupportable,
m'a bouleversé l'âme. Alors, je me suis
juré de restituer tout ce que j'avais dérobé
jadis, jusqu'au dernier centime, avec les
intérêts des intérêts, et d'en avoir les reçus, les preuves par écrit. Car, si le malheur veut que Victor sache un jour que
j'ai volé, j'aurai du moins le droit de lui
répondre : « Oui ! mais j'ai tout rendu ! »
et l'espoir de lui faire pitié et d'obtenir
son pardon !... Une fois cette résolution
prise, j'ai réalisé tout ce que je possédais.
Hélas ! le total en était encore notable-
ment inférieur à celui de ma dette. Mais
depuis un an j'ai travaillé — ferme, vous
pouvez le croire. — Aujourd'hui j'ai ce
qu'il faut pour tout payer, et il me reste
même quelques milliers de dollars, dont
je te ferai une autre fortune, — va ! mon
Toto, — une fortune qui ne devra rien à
personne !

L'abbé Moulin n'avait pas un instant
perdu de vue Renaudel qui s'échauffait,
qui s'emballait, et qui, à la fin de son discours, — c'est étrange, mais c'est comme
ça, — roulait sous ses paupières deux
grosses larmes qui finirent par tomber
dans sa grande barbe.

L'occasion, certes, eût semblé favorable
à tout autre prêtre que l'abbé Moulin
pour profiter de l'attendrissement de ce
vieux pécheur et pour le sermonner un
peu. Mais l'abbé Moulin, qui se méfiait de
ses talents oratoires, se contenta d'agir
avec le tact que possèdent seuls les cœurs
délicats. Se levant de son fauteuil, il s'ap-
procha de Renaudel et lui tendit les deux
mains.

— Je suis à vos ordres, monsieur, dit le
vieux vicaire, et tout prêt à me mettre en
route... Veuillez me donner vos der-

nières instructions... Seulement, je vous
en préviens, il faut, de toute façon, que
je sois de retour, à la Trinité, pour la
messe de minuit.

— C'est l'heure de mon train, riposta
Renaudel, — qui avait donné à l'abbé un
double *shake-hand* et dont l'émotion était
déjà dissipée, c'est l'heure de l'express
du Havre, et j'entends bien ne pas le
manquer plus que vous ne manquerez
votre messe. Car l'air de Paris — vous
savez pourquoi - ne me vaut rien, et je
n'y suis venu que pour trouver un sûr
intermédiaire, — ce sera vous, merci, -
qui m'apporte mes quittances en bonne
et due forme... Songez qu'il s'agit de plus
de deux millions... Mais, bah ! tout ira
bien. C'est l'instant du dîner, où chacun
rentre chez soi... Vous trouverez tout
votre monde, j'en ai le pressentiment, et
vous mènerez rondement notre affaire.

Puis tirant de son gousset un bout de
papier plié en quatre :

— Voici la liste, ajouta-t-il en la dé-
pliant. Quatre visites à faire... Voyons
ça... Louis Dublé, homme de lettres, rue
des Abbesses... Traite de deux cent cinquante et un mille trois cent quatre-vingt-
dix francs... Quand je me suis enfui,
c'était un très jeune homme — longs cheveux, ongles négligés, — qui régalait la
bohème. Il a eu, depuis lors, quelques succès, paraît-il... S'il a conservé ses an-
ciennes habitudes, les pompes à bières
des cafés littéraires vont verser bien des
bocks... Mademoiselle Latournure, rue du
Cardinal-Lemoine... Bigre, c'est loin !...
où elle dirige aujourd'hui un petit externat... Vieille fille geignarde, malade imaginaire... Traite de trois cent soixante-
cinq mille quatre cent quarante-trois
francs... Voici pour elle, j'espère, de quoi
s'acheter des boîtes à pilules et changer
tant qu'elle voudra, d'eau minérale.

Henri Burtal, architecte, rue de Rennes... Je n'ai souvenir que d'un joli garçon, d'un homme à femmes... Traite de cinq cent soixante-sept mille huit cent quatre-vingt-dix-neuf francs... Marié depuis mon départ. Ce sera pour doter ses filles, plus tard, s'il en a... Enfin, ma victime la plus éprouvée, monsieur le marquis de Capdecamp, membre du Jockey, boulevard Malesherbes... Parfait, monsieur l'abbé. C'est sur votre chemin pour revenir... Bonne noblesse, le marquis... Des aïeux à Azincourt, à Pavie, à Malplaquet, à Rosbach... C'est étonnant ce qu'on a contribué aux batailles perdues, dans cette famille-là... Homme de cheval... Très fané et très vanné... Il avait déjà dévoré, il y a cinq ans, ι. énorme fortune... Marié, lui aussi... Mon vol l'aurait décidé, m'écrit-on, à redorer son blason avec la dot de mademoiselle Mardock, fille d'un financier véreux... N'importe. J'imagine que cette dernière traite, qui s'élève à un million soixante-dix-huit-mille quatre cent vingt et un francs, lui causera une agréable surprise... Dites à ces gens-là que je n'ai nullement l'intention de purger ma contumace, de me faire acquitter par un jury ; que je paie, voilà tout. Dites-leur, si vous voulez, que Renaudel a changé de nom et de patrie, qu'il n'existe plus ; et exigez seulement les reçus, pour montrer à Victor, en cas de malheur... Maintenant, monsieur l'abbé, voici le portefeuille

et la liste. Il est cinq heures et demie déjà. Pas de temps à perdre. Je vous renouvelle encore tous mes remerciements... mais je ne vous retiens plus.

Et Renaudel, qui s'était levé en prononçant ces derniers mots, prit la lampe à son tour, poussa dans l'antichambre l'abbé Moulin, lui donna son chapeau romain, l'aida à revêtir sa douillette, lui

SE TASSA DANS SON FAUTEUIL...

ouvrit la porte du palier et la lui referma sur le dos. Puis il revint s'asseoir au coin du feu, tira d'une de ses poches un gros étui et de cet étui un énorme cigare, l'alluma, se tassa dans son fauteuil, lança, l'une après l'autre, ses jambes en l'air, appuya ses lourds souliers de voyage sur le marbre de la cheminée, présenta fort impertinemment les deux semelles boueuses à une statuette en plâtre colorié de la Vierge de la

Salette, et commença tranquillement à fumer comme un steamer sous pression.

II

CHEZ UN POÈTE

Dehors, le brouillard avait redoublé d'intensité ; il était glacial et puait la suie.

Éclairé par la lanterne du fiacre, l'abbé Moulin, sa liste d'adresses à la main, donna la première au cocher, en lui envoyant trois jets de vapeur par la bouche et par les narines ; et dès que la portière eut claqué, l'homme au chapeau de cuir lança, dans le triple nuage de son haleine, un vigoureux « Hue, cocotte ! » à son cheval, qui ne se contentait pas, lui, d'expulser deux panaches de volcan par les naseaux, mais dont tout le corps fumait comme un solfatare.

Réveillée par un coup de fouet, la pauvre rosse se mit en route de son petit trot résigné.

Frissonnant sous les courants d'air, malgré les vitres levées, et installé dans une confortable odeur de paille pourrie, de vieux tabac et de drap mouillé, le bonhomme de prêtre se sentait plein de joie. Il serrait là, contre sa cuisse, dans la poche de sa soutane, ce portefeuille qui contenait plusieurs fortunes, et il songeait que la mission dont il était chargé était après tout, bien douce, puisqu'il allait faire des heureux.

De la rue de Clichy à Montmartre, la course n'est pas longue. Un instant, à travers le brouillard, flamboyèrent les ailes du Moulin-Rouge, puis le fiacre replongea tout de suite dans la buée opaque et cotonneuse, gravit au pas le raidillon de la rue Lepic et s'arrêta dans la rue des Abbesses.

— Monsieur Louis Dublé ? demanda l'abbé Moulin, après avoir ouvert la porte d'une loge d'où s'échappa le délicieux parfum d'un ragoût comme n'en a certainement jamais mangé M. de Rothschild.

LES AILES DU MOULIN-ROUGE...

— Au « cintième » la porte en face,
lui répondit une espèce de sorcière de
Macbeth en bonnet de linge, à barbe four-
chue de chasseur de Vincennes, qui,
penchée sur son chaudron, semblait y
mêler du foie de juif blasphémateur, du
sang de singe et du fiel de truie ayant
dévoré ses neuf marcassins.

Mais, en réalité, elle faisait simplement
mijoter un de ces haricots de mouton
comme on n'en savoure que chez les por-
tiers et dont vous vous lécheriez les lèvres,
messieurs les habitués du café Anglais, je
vous en donne ma parole d'honneur.

L'horrible aspect de la concierge, le
désordre de la loge, la propreté douteuse
et l'éclairage mesquin de l'escalier rem-
plirent l'abbé de satisfaction. A la bonne
heure, c'était sans doute à un pauvre
poète qu'il apportait de l'argent. Au cinquième étage ! Bravo ! Et le vicaire, qui
n'avait d'autres documents sur la vie in-

LA RUE LEPIC.

time des gens de lettres que de vagues souvenirs classiques, se représentait déjà la mansarde de Malfilâtre, où il allait sans doute surprendre Louis Dublé couché, faute de feu, sur quelque grabat, le papier et le crayon en main, avec des cheveux en désordre, la chemise débraillée et des yeux d'épileptique, signes manifestes et traditionnels de l'inspiration; car, sur ce point, le naïf abbé s'en rapportait à quelques portraits gravés du xviiie siècle, aperçus par lui au passage dans les vitrines du quai Malaquais. Qui sait même si, là-haut, sur le palier, il ne flairerait pas tout à coup une odeur d'acide carbonique et n'aurait pas à enfoncer la porte d'un coup d'épaule et à sauver du désespoir et de l'asphyxie un nouvel Escousse ?

Excité par ces lugubres imaginations, le bonhomme, au mépris de son asthme, monta vivement l'escalier. Mais le « cinquième », indiqué par la sorcière à barbe, n'était pas le dernier étage; et l'abbé fut tout surpris, même un peu fâché, en s'arrêtant devant une porte décente et en tirant un cordon de sonnette qui aurait pu tout aussi bien être le cordon de sonnette d'un respectable bourgeois.

Un élégant jeune homme — Louis Dublé lui-même — vint ouvrir. Il était déjà en tenue du soir, habit noir et cravate blanche ; car il devait assister à une

« première » et dîner de bonne heure au restaurant.

Quand l'abbé Moulin, toujours étonné, se fut nommé et eut demandé audience, Louis Dublé l'introduisit avec politesse dans une vaste pièce, — naguère atelier de peintre, — sans luxe aucun, mais com-

modément meublée, où les murailles cachées par des livres, la large table avec la lampe éclairant les paperasses et la chaude et douce atmosphère d'un feu de bois, attestaient une longue séance d'étude attentive et de calme travail.

L'abbé Moulin était de plus en plus

désorienté. Il fallait renoncer à Gilbert et à Chatterton.

— A quoi dois-je l'honneur ?... lui demanda Louis Dublé, assis en face de

même le plus simple, il y a un fond de comédien.

« Après tout, se dit l'abbé, j'apporte à ce monsieur, à ce soi-disant poète, qui

lui, au fond d'un grand fauteuil moyenâgeux et aussi correct dans son frac qu'un président de club où l'on triche.

Dans tout homme, même le meilleur,

n'est point sur la paille, comme il conviendrait, et qui me reçoit avec une courtoisie au-dessous de zéro, plus d'un quart de million. »

Et, un peu inconscient, le digne homme ne résista pas au plaisir de « faire de l'effet ».

Il plongea la main dans la poche de sa soutane et en retira une tabatière, un chapelet, huit sous, son étui à lunettes et le fameux portefeuille. Après avoir fait réintégrer le domicile aux huit sous, au chapelet et à la tabatière, il dégaina ses bésicles, les mit sur son nez, ouvrit le portefeuille, feuilleta les traites, choisit celle qui portait le nom de Louis Dublé et la lui présenta dans un geste arrondi.

— Ma visite, monsieur, dit-il avec un sourire plein de bonhomie qui eût fait la fortune d'un acteur, n'a pas d'autre but que de vous remettre ceci... Contre reçu, cela va sans dire.

— Hein ? quoi ? s'écria le poète après un regard jeté sur le papier. Deux cent cinquante et un mille trois cent quatre-vingt-dix francs !... En une traite ?... A ᵐᵉ nom ?... Sur le Crédit foncier ?... Qu'est-ce que cela signifie ?... Est-ce une mystification ?

— Nullement, monsieur, répondit le prêtre. Et cela signifie tout simplement que monsieur Renaudel !...

— Mon ancien banquier ! cet infâme voleur !...

— ...A été pris de remords, monsieur, et qu'il rembourse à ses clients tout ce qu'il leur a dérobé... avec les intérêts des intérêts.

— Comment ? Cette somme énorme ? Tout mon patrimoine... et même davantage ?...

— Tout cela vous est rendu par Renaudel, qui n'a aucune arrière-pensée, qui veut seulement se réhabiliter devant sa propre conscience et qui m'a même défendu de vous en dire de plus sur son compte.

— Mais... Voyons... Nous sommes en pleine chimère !... Cette affreuse canaille est donc un honnête homme ?

Et Louis Dublé éclata d'un rire nerveux.

— C'est un débiteur qui paie ses dettes voilà tout, monsieur, dit alors l'abbé d'un ton presque sévère.

Car il l'agaçait, à la fin, ce jeune homme tiré à quatre épingles comme un surnuméraire diplomatique des bureaux du quai d'Orsay. Et puis le vicaire avait eu une trop grosse désillusion. Comment ? Pas de mansarde ? Pas de cruche égueulée ? Pas de lit de sangle ? Pas de chien léchant la main pendante du poète mourant ?

Et la tradition ? Qu'est-ce qu'elle devenait la tradition ?

Cependant Louis Dublé avait mis la main sous le revers de son gilet, et l'avait appuyée contre sa poitrine.

Alors, avec un sourire orgueilleux :

— Le cœur ne bat pas trop fort, dit-il. Je suis content de moi.

Et, s'apercevant enfin de la mine mécontente et déconfite de son visiteur :

— Vous êtes étonné, monsieur l'abbé, s'écria-t-il, que je ne manifeste pas plus de contentement, que je ne saute pas au plafond. Vous auriez désiré, je le devine, raconter à Renaudel que vous aviez vu un homme fou de joie... Mais je mentirais, je vous assure, si je couvrais ce papier timbré de baisers de reconnaissance... Il me fait plaisir, soit, mais il m'inquiète un peu aussi. Grâce à cet argent, je vais avoir un peu plus de temps à moi, d'indépendance. Je ne serai plus forcé de bâcler ces deux articles par semaine qui m'assurent la pâtée et la niche, et je pourrai attaquer ce fameux drame moderne en vers, dont le sujet me hante et me réveille la nuit... Mais, pour cela, il faudra que je sois sage, que je ne me laisse pas glisser dans mon ancien défaut, sur la pente de la flânerie et du rêve... Tenez, monsieur l'abbé, vous m'avez l'air d'un excellent homme. Vous avez été touché, j'en suis sûr, par l'action de Renaudel. Eh bien, je puis vous donner le moyen de réjouir ce voleur repentant, de calmer ses remords rétrospectifs. Vous n'aurez qu'à lui dire ceci : c'est qu'en m'enlevant ce qui me restait de bien, en me laissant pauvre comme Job et nu comme ver, il m'a rendu un très grand service.

— Un service ? fit le vicaire stupéfait.

— Énorme !... Riche, j'étais paresseux et obscur. Pauvre, j'ai travaillé, je me suis découvert un peu de talent et j'ai même déjà reçu un petit bout de rayon, au grand soleil du succès... Tenez, avez-vous un quart d'heure ?... Je vais vous raconter cela, vivement, et vous pourrez le redire à ce brave escroc, qui m'a été jadis si utile en me dépouillant et dont le scrupule en retard va peut-être — que sait-on ? — me faire beaucoup de tort...

— Je suis un peu pressé, répondit l'abbé. Mais j'avoue que je serais curieux...

— Soyez tranquille, cela ne sera pas trop long. Imaginez un grand benêt, maître trop tôt de sa fortune, adorant la poésie, fou de lettres, et que l'odeur du papier tout frais imprimé grise mieux que le vin de Champagne. Avec ça, vaniteux et niais comme un cœur... C'est moi, à vingt ans... D'abord la période de solitude et de lecture. Je dévore, j'admire tout... J'ai pris au sérieux les derniers romans de cape et d'épée ; j'ai respecté des vaudevillistes... Quel estomac !... chaque jour j'entreprends un grand ouvrage, qui ressemble au livre fermé, la veille, sur ma table de nuit, un poème qui ne dépasse pas le troisième hémistiche,

un drame qui s'arrête à la description du premier décor : « Le théâtre représente une forêt. A gauche, un arbre ». État d'esprit délicieux, après tout. Pas de goût et bon appétit... Mais je rencontre un camarade qui a deux ans de plus que moi, beaucoup de cheveux, — pour un chauve, — deux ou trois boniments de critique, et qui se rase pour ressembler à Baudelaire... Il m'écrase de sa supériorité, m'éblouit et daigne me présenter dans deux brasseries, l'une au quartier Latin et l'autre à Montmartre, où il n'est éreinté qu'avant son arrivée ou après son départ. L'autorité avec laquelle il tourne le bec-de-cane de ces deux cénacles si distincts l'un de l'autre me fait pressentir en lui l'un des futurs rois de Paris et du monde intellectuel. Disciple fasciné, je lui emboîte le pas, je l'abreuve de bocks et d'égards, et, par reconnaissance, il me nourrit du pain des forts, il m'enseigne le mépris... Voulez-vous connaître quelles étaient alors ses opinions littéraires, et, par conséquent, les miennes ?... Dans le passé, sauf quelques méconnus, — on n'avoue pas qu'ils furent incomplets, — personne. Aujourd'hui, pas grand monde. Pourtant, si l'on compte sur ses doigts : lui d'abord, moi peut-être, — par politesse, parce que je fournis l'argent pour fonder une revue, —et un très petit nombre d'autres jeunes gens, quand ils sont là. Surtout, au nom des Dieux ! ne jamais songer au public. On n'écrit que pour vingt-cinq personnes, et encore. Quiconque a le moindre succès est un philistin, un bourgeois... Voilà, monsieur l'abbé, les saines et encourageantes doctrines dont je me suis nourri pendant plusieurs années... Mais j'ai peur de vous parler chinois.

— Non, non... J'essaie de comprendre... Je comprends... Allez toujours, dit l'abbé, qui commençait à se réconcilier avec le jeune homme.

— Donc, grâce à ma petite fortune, je fus élevé à la dignité de Mécène. Notre chef d'école, le chauve absalonien, m'intima l'ordre de fonder un périodique pour défendre ce qu'il appelait nos idées, et je mis au jour l'*Instantané*, recueil bi-mensuel qu'ornait une vignette représentant une jeune personne en bas noirs à cheval sur un appareil de photographie. Le personnel de la rédaction se réunissait, chaque soir, dans un bar de la rue Cujas, où je trônais, en ma qualité de Laurent-le-Magnifique de la bohème, et où j'avais, tous les mois, une note, longue comme un jour sans pain, de bière de Lœvenbrau, de choucroute-jambon, de harengs marinés et de salades de museau de bœuf. Deux groupes de jeunes écrivains se partageaient les colonnes de l'*Instantané* : d'abord les « Secs », tous prosateurs qui se réclamaient de Stendhal, qui observaient chaque matin leur état d'âme avec la maussade humeur d'un dyspeptique regardant sa langue dans son miroir à barbe, et qui analysaient avec la même minutie leurs infortunes amoureuses et leurs embarras gastriques ; puis les poètes du dernier cri, les « Allégoristes », qui, dégoûtés de la rime riche, accouplaient des assonances comme « miséricorde » et « hallebarde », et qui raclaient les vieux fonds de dictionnaires du xvie siècle. L'un d'entre eux, un Chilien tonitruant, voulait que chaque mot donnât une sensation physique ; il assurait qu'en prononçant le mot « mélancolie », il croyait caresser du velours, et que le nom de la ville de Perpignan sentait l'ail... D'ailleurs, on massacrait toutes les réputations à l'*Instantané* et au Bar Cujas, même les renommées encore à naître des poètes du café d'en face. Seulement, par

horreur du Romantisme, on avait des bontés pour quelques classiques. Jamais on ne disait autrement que « ce pauvre Hugo » ; mais on accordait généreusement le don du style à Bossuet, et Racine, on ne sait trop pourquoi, était sous notre protection spéciale... Tout cela était fort disgracieux, sans jeunesse, puisque sans enthousiasme. J'admirais pourtant, et — par discrétion, n'étant que bailleur de fonds, par fatigue aussi, car je ne me couchais qu'à deux heures du matin, lourd de bière et d'esthétique — je publiais seulement, de loin en loin, dans mon propre journal, de courts poèmes dont devaient pouffer, derrière mon dos, les chers collaborateurs. Car mes vers, si mauvais qu'ils fussent, se tenaient à peu près sur leurs pieds et avaient même une espèce de sens et une rime au bout... Les choses en étaient là ; l'*Instantané* paraissait depuis trois ans et m'avait déjà valu, pour tout bénéfice, un duel au pistolet — deux balles sans résultat — et un commencement de poursuites en correctionnelle, quand Renaudel, mon banquier, s'enfuit en Amérique avec les débris de ma légitime, qui, sans cet accident, eussent été convertis rapidement en papier noirci et en choucroute-jambon.

— Et il ne vous restait rien, malheureux enfant ? dit l'abbé Moulin.

— Non, ruiné, nettoyé, rincé, absolument !... Et j'avais, de plus, des habitudes de dépense et de fainéantise... Pendant quelques mois, j'ai vécu en vendant mes livres, mes meubles, mes habits, et j'allais connaître la pire détresse, lorsque je rencontrai un de mes camarades de bohème qui me sauva. Depuis qu'il signait, avec succès, de jolis et spirituels articles dans un grand journal, nous l'avions traité, à l'*Instantané*, de traître et de renégat. Mais c'était un bon enfant, sans rancune. Il me fit admettre dans la feuille du soir où il écrivait, « à la boîte », pour me servir de son expression. Oh ! comme simple utilité, comme saute-ruisseau, comme petit reporter, et à l'essai encore !... Mais, quoi ? il fallait vivre ; et, pour raconter mes histoires de chiens enragés, ou de vieille dame écrasée au coin de la rue Montmartre, je n'avais pas le temps de me demander, comme le Chilien à la voix de gong, si les mots dont je me servais sentaient la rose ou la fuite de gaz, et s'ils donnaient la sensation du contact d'un reptile ou d'un chat angora... J'écrivais mes faits-divers le plus vite que je pouvais, du mieux que je pouvais, pour gagner ma pièce de dix francs... Bah ! c'est ainsi qu'on assouplit sa plume, et il n'y a que les pédants qui prétendent que le journalisme gâte le style. Ah ! j'ai eu du mal, dans les premiers temps !... Quelle hâte, quelle agitation ! Au sortir d'un bal de charité, je courais place de la Roquette pour voir tomber une tête. Après une moitié de tour de France dans le train présidentiel et vingt banquets à discours, j'allais bien vite manger le cervelas et boire le « bleu » d'un pique-nique d'anarchistes.. Mais c'était la vie, tout cela, la vie avec ses cris, ses gestes, son grouillement ; et je m'y mêlais, je m'en imprégnais, et j'en venais à aimer mon métier. L'aimer, c'était le bien faire. J'acquis quelque crédit, quelque autorité dans les journaux qui m'employaient. Tout en continuant pendant quelque temps ma besogne de reportage sous un nom d'emprunt, je fis paraître, en les signant, de chroniques, des contes, une longue nouvelle. Et je les écrivis — j'avoue mon ignominie — en songeant au lecteur, oui, pour lui plaire, pour l'intéresser... Car ils étaient dans le faux, les petits féroces de

l'*Instantané*, et il faut travailler pour le public, et Théophile Gautier a eu bien raison de dire qu'il ne suffit pas d'être un imbécile pour avoir du succès... Et j'en ai eu, et j'en ai, monsieur l'abbé, et l'on commence à rechercher ma « copie »... La nécessité m'a contraint au travail ; le travail m'a donné un peu de talent... Je viens de publier mon premier roman ; les éditions se succèdent, la presse en parle encore... Au bout de six semaines ! Inouï, n'est-ce pas ?... J'ai même déjà des envieux, et l'on commence à m'aboyer aux jambes... Dans les brasseries, où je ne vais plus, je suis excommunié devant les ronds de feutre. Bon signe ! Excellent symptôme !... J'attends avec impatience l'article où l'on insinuera que je triche aux cartes ou que je suis de la police. Ce jour-là, mon affaire sera faite... Car, vous savez, la gloire, ça finit peut-être par du laurier, mais ça commence par des pommes cuites... Oh ! je ne me grise pas. C'est plein de défauts, mon livre. Son seul mérite est de ne pas sortir des deux ou trois moules à pâtisserie à la mode ; et l'on va bûcher, je vous en réponds, et l'on fera mieux... Eh bien, si en cinq ans, j'ai échangé ma paresse contre du courage, ma vanité contre du sens commun, mes prétentions contre de la conscience artistique, si j'ai mordu à cette savoureuse grappe de raisins dont tous les ratés s'éloignent en murmurant: « Ils sont trop verts », je le dois uniquement, monsieur l'abbé, à la perte de ma fortune, au bon régime de la vache enragée !... Rien de tel, voyez-vous, pour un homme qui va tomber, qu'un bon coup de pied au derrière que lui envoie la destinée... Vous pouvez dire ou écrire cela à Renaudel... Pauvre diable d'escroc !... Mais je lui dois ma carrière, et il est mon bienfaiteur !

À présent, l'abbé Moulin le trouvait

tout à fait de son goût, le jeune poète, depuis qu'il s'était dégelé. Bien qu'un peu ébloui par l'argot du métier littéraire et par les « mots d'auteur », le bonhomme eût volontiers continué la conversation. Mais il se rappela qu'il avait, avant minuit, trois autres visites à faire.

— Monsieur, dit-il à Louis Dublé, je rapporterai fidèlement à Renaudel le sens de notre entretien... Mais, je vous l'ai déjà dit, le temps me presse... Seriez-vous assez bon pour me signer le reçu ?

Le jeune homme signa et rendit le papier à l'abbé ; puis, prenant la traite qui était restée sur le bureau, et après l'avoir encore parcourue du regard :

— Sois donc le bienvenu, gros sac, murmura-t-il. Mais tu sais, à l'avenir! tâche de ne pas m'empêcher de travailler... Je m'étais interdit d'aller, ce soir, au réveillon de l'ami Thurel, l'auteur dramatique, où doit pourtant assister la petite Margotte, la jolie blonde des Variétés... Gros sac, gros sac ! Tu vas me donner, j'en ai bien peur, de mauvais conseils...

Et comme le prêtre, un peu gêné par ce monologue, se levait pour prendre congé :

— Pardon, monsieur l'abbé, fit le poète. Mais... j'y songe... c'est Noël qui, par vos mains, me fait ce joli cadeau. Il faut au moins que je le remercie. Ce soir, les caisses sont fermées et je ne puis toucher la forte somme... Mais j'ai là cinq cents francs, prix du dernier tirage de mon livre... Les voici... vous devez bien connaître quelques pauvres enfants à peu près aussi peu vêtus que Jésus dans sa crèche.

— Soyez remercié, monsieur, dit l'abbé en prenant les cinq billets bleus. J'ai justement votre affaire, dans mon ancienne paroisse, — dans le quartier des chiffonniers... Mes cinq orphelins de la rue Croulebarbe.

— N'oublions pas les vieux, non plus, reprit le jeune homme. J'ai rencontré hier le chansonnier Charlieux, qui, malgré ses soixante-huit ans, s'en allait, par la boue, au fond de Vaugirard, chez un marchand de vin, où il devait dîner avec des ouvriers et payer son écot d'une chanson au dessert... Passé de mode, le vieux barde, mais il a eu tout de même, trois ou quatre fois dans sa vie, un coup de génie à la Pierre Dupont... Et bien malade, le pauvre Charlieux ; hier, il crachait ses poumons le long du trottoir... Eh bien, puisque me voilà riche, je vais lui payer son dernier Noël et l'envoyer dans le Midi, au soleil, où il trouvera peut-être encore une chanson.

Récompensé par le sourire attendri du vieux prêtre, Louis Dublé ajouta gaiement :

— Car, voyez-vous, nous avons aussi nos vieux chiffonniers, dans les lettres.

Et c'est avec un charmant rire qu'il accompagna l'abbé Moulin jusqu'à la porte.

III

EXTERNAT DE JEUNES DEMOISELLES

C'est pourtant vrai, songeait l'abbé Moulin, de nouveau rencogné dans son « sapin » et roulant vers la lointaine rue du Cardinal-Lemoine, c'est pourtant vrai que l'argent ne peut donner ni le talent ni la gloire et que, parfois, il peut empêcher d'y atteindre... Qui sait si, en rendant sa fortune à ce jeune poète, Renaudel ne prive pas la littérature française d'un chef-d'œuvre ?... Mais, attention !...

Il ne faudrait pas exprimer tout haut cette pensée... Les saints commandements avant tout... « Le bien d'autrui tu ne

Un peu ragaillardi par le sac d'avoine pendu à son museau, durant la visite de l'abbé Moulin chez Louis Dublé, le cheval du fiacre — un ancien militaire, ayant un peu de sang et de bons états de service, au 2⁴ hussards, — franchit assez lestement la distance qui sépare la butte Montmartre de la montagne Sainte-Geneviève ; et il était à peine sept heures quand le vicaire descendit de voiture.

A travers le brouillard moins épais et bleuté légèrement par la clarté lunaire, le prêtre distingua, au-dessus d'une muraille, une rondeur énorme et vague qui était le dôme du Panthéon. Il put même lire, au-dessus d'une porte grillée, ces mots peints en grosses lettres jaunes sur un écriteau noir :

« *External de jeunes filles, dirigé par mademoiselle Latournure.* »

C'était bien là qu'il avait affaire. Il sonna.

Une petite servante accourut, le bougeoir en main, et fut tout de suite impressionnée par la soutane et les cheveux blancs du vicaire.

— Mademoiselle est à table... Mais

UNE PETITE SERVANTE ACCOURUT...

prendras... » Les voleurs qui restituent le produit de leur larcin sont assez rares. Il serait dangereux de les décourager.

ça ne fait rien... Entrez, monsieur l'abbé.

Et, après avoir fait traverser au bonhomme un minuscule jardinet où grelottaient dans la nuit quelques maigres squelettes de lilas, la petite servante ouvrit brusquement une porte d'où s'échappa, dans une vive clarté, une fusée de rires enfantins.

Ah ! l'aimable et gracieux spectacle !

C'était dans la classe, — la classe d'une pauvre école, — avec ses murailles badigeonnées de jaune, sa cathèdre noire surmontée du tableau des poids et mesures, ses cartes de France et d'Europe se faisant pendant, ses placards de *ba bé bi bo bu*. Mais les tables à pupitres avaient été repoussées dans un coin, les bancs avaient été dressés contre les murs pour faire de la place ; — et, au beau milieu de la vaste pièce, autour d'une nappe où deux grosses lampes à pétrole faisaient étinceler les verres et les assiettes, étaient attablées une vieille dame et une dizaine de petites filles.

La vieille dame avait dû être, dans les environs de la dictature du général Cavaignac, ce que certains vieillards appelaient encore, à cette époque, une brune piquante, et elle avait conservé, malgré les ans, des yeux noirs pleins de vivacité et un teint de pomme de rainette. Seulement ses « anglaises » — les dernières « anglaises », en oreilles d'épagneul, — étaient à présent pareilles à de la soie blanche. Mais l'agréable sourire! Et quel air de santé et de bonne humeur! Au moment où l'abbé Moulin entra, la vieille dame, sa serviette fixée par deux épingles sur le corsage de sa robe de satin noir, de sa robe de cérémonie, — elle n'en avait évidemment pas trente-six, — venait de fendre, à l'aide d'un grand couteau à découper, le ventre d'une dinde rôtie, d'où se

répandait dans le plat une cascade appétissante et parfumée de purée de marrons et de chair à saucisse. Et, devant ce beau spectacle, il fallait voir les paires d'yeux et entendre les cris des petites filles, immobiles de joie et d'admiration.

Bien sûr, elles n'en mangeaient pas tous les jours, les gamines, de la dinde rôtie aux marrons. Cela se devinait à la manière dont elles se tenaient en arrêt devant la mirifique volaille, leur couteau dans une main, leur fourchette dans l'autre, avec l'air de petites ogresses sentant la chair fraîche. Elles n'étaient pourtant pas des fillettes d'ouvriers, comme on en voit sortir de l'école primaire, en tablier noir et les cheveux dans un filet de chenille. On se nourrit bien dans le « populo », au moins les samedis de quinzaine. Non, c'étaient des enfants de tout petits bourgeois, de pauvres honteux, des quasi-demoiselles, qui allaient à l'externat « payant », chez mademoiselle Latournure, pourvue du brevet supérieur, s'il vous plaît.

Avant d'envoyer sa fille au dîner de « Mademoiselle », la maman — femme d'un employé gêné ou modeste boutiquière ayant peine à joindre les deux bouts — avait fait friser la petite, l'avait parée d'un nœud de ruban, d'une collerette fraîchement repassée. Mais, n'importe ! on voyait bien que pour tout ce monde-là, la dinde aux marrons était un régal extraordinaire et que ça les changeait, les gourmandes, des repas économiques comme on en fait dans les humbles ménages, des « assiettes garnies » de chez le charcutier, des restes du bouilli de la veille raccommodés avec de la sauce rousse et des cornichons.

Oh ! la belle dinde !

Entre nous, chère madame qui me lisez, cette dinde était d'une médiocre grosseur, et vous l'auriez eue, à la Halle, — en marchandant un peu et sans vous faire traiter de « râleuse », — pour sept à huit francs. Elle aurait même semblé étique si on l'avait comparée aux monstres gonflés de graisse et tuméfiés de truffes qui trônent dans la vitrine de Chevet ; et l'abbé Moulin en avait vu de bien plus grosses dans ses dîners en ville chez les riches dévotes. Mais ce qu'il n'avait jamais vu, c'étaient tant de bons appétits autour d'une volaille ; et cela lui faisait plaisir, au brave homme.

Ce qui l'étonnait, par exemple, c'était l'air joyeux et bien portant de la vieille dame qui présidait le repas. Renaudel n'avait-il pas parlé de mademoiselle Latournure comme d'une personne triste et maladive ? Qu'est-ce que cela voulait dire ?

A l'entrée de l'ecclésiastique, les petites filles s'étaient levées, par respect. La vieille dame en fit autant, tenant toujours à la main son grand couteau à découper.

— Mademoiselle Latournure ? demanda le prêtre qui craignait une méprise.

— Pour vous servir, monsieur l'abbé, répondit-elle avec bonne grâce.

— Je suis désolé, mademoiselle, d'interrompre votre dîner... Mais je vous apporte une importante nouvelle... oh ! une bonne nouvelle... qui vous surprendra, très agréablement... et je désirerais vous parler un instant en particulier.

— Rien n'est plus facile, dit la vieille fille un peu émue.

Et s'adressant à la petite bonne :

— Clémence, prenez une de ces lampes et conduisez monsieur l'abbé dans le parloir... Je vous suis, monsieur l'abbé.

Puis elle posa son grand couteau sur la table et promena son regard sur les petites filles.

— Vous allez m'attendre un instant, mes enfants, et, n'est-ce pas ? vous serez bien sages ?

— Oui, mademoiselle, répondirent en chœur les gamines.

Mais c'était un chœur pareil à celui des tragédies antiques, un chœur de lamentations contenues et de larmes étouffées. Comment ? la belle dinde toute chaude, qui fumait et qui sentait bon, la purée de marrons nageant dans le jus ! Il fallait rester là à les regarder sans y toucher, et les laisser refroidir !... Et il fallait répondre encore : « Oui, mademoiselle, » par politesse, par obéissance !...

Ah ! le vilain prêtre !

L'abbé Moulin se sentit mal à l'aise devant tous les yeux chargés de naïve colère qui se tournèrent alors vers lui, et se hâta de suivre la servante.

Dans le « parloir », grand comme la main, — bureau à cylindre, cartonnier, six chaises de canne, plus, sur le mur, une estampe représentant un arbre très difforme et chargé de fruits bizarres qui étaient des têtes de rois de France, — dans le parloir, où il ne faisait fichtre pas chaud, le prêtre et la vieille demoiselle s'assirent.

Comme diplomate, l'abbé Moulin était du dernier ordre. Aucun talent pour les ménagements, les précautions oratoires. De plus, les ecclésiastiques n'allant pas au théâtre, — *nimium fortunatos, sua si bona norint,* — il n'avait jamais vu jouer *la Joie fait peur.* Il faillit donc être cause d'un malheur par la brusque façon dont il prononça le nom de Renaudel, parla de restitution, et mit sous le nez de mademoiselle Latournure l'éblouissant papier à vignette où flamboyait ce chiffre majestueux, écrit en toutes lettres : Trois cent soixante-cinq mille quatre cent quarante-trois francs.

OH! LA BELLE DINDE.

Sur les joues de la vieille fille suffoquée par la surprise et par la joie, les pommes de rainette de la bonne santé avaient soudain fait place aux tomates de l'apoplexie. Mais, tout de suite, heureusement, elle éclata en sanglots. Puis, à ce déluge de larmes se mêla une cataracte de paroles, fort incohérentes, d'ailleurs, où mademoiselle Latournure, tout pêle-mêle, remerciait infiniment monsieur l'abbé, Dieu, la Vierge et tous les saints du paradis, regrettait qu'on n'eût pas allumé le poêle, appelait les bénédictions du ciel sur ce scélérat... non, sur cet excellent homme de Renaudel, et annonçait sa résolution d'intimer à Clémence l'ordre immédiat d'aller retirer du Mont-de-Piété la louche et les six couverts d'argent, sans oublier la pince à sucre, les cuillers à café et la truelle à poisson, attendu qu'on n'avait plus que trois jours pour renouveler les reconnaissances.

Tout à coup un cri aigre et prolongé suivi de hoquets et de pleurs, se fit entendre dans la chambre voisine, à travers la cloison.

— C'est Ernestine... s'écria mademoiselle Latournure en se levant d'un bond. A cause de la dinde... Vous comprenez, un bébé, pas encore cinq ans... Mais ce n'est pas une raison, parce qu'il m'arrive un grand bonheur, pour que je les oublie, les pauvres petites... Au contraire !... Venez-vous, monsieur l'abbé ? Nous causerons aussi bien devant les enfants.

Très vive, elle rouvrit la porte, et sa rentrée dans la salle du festin fut saluée par une longue exclamation de toutes les petites filles. Ernestine, la pleureuse, qui était assise à côté de la place vide de l'institutrice, et rehaussée sur sa chaise par un vieux Bescherelle en deux volumes, cessa de crier, immédiatement.

Clémence, un siège pour monsieur l'abbé, dit la vieille demoiselle en reprenant sa présidence et en s'armant de nouveau du grand couteau. Mais, j'y songe, monsieur l'abbé, vous n'avez sans doute pas encore dîné... Si vous vouliez nous faire le grand honneur...

Le bonhomme était à jeun et, en toute autre circonstance, il eût accepté avec empressement ; mais il lui fallait encore faire, avant minuit, deux autres visites, et puis il se fût reproché de prendre sa part de la dinde, qui, nous l'avons dit, n'était pas déjà si grosse. Il s'excusa donc, et, comme il avait grand'faim, il accepta seulement un doigt de vin et un biscuit.

Maintenant la volaille était découpée, oh ! en tout petits morceaux, en très minces aiguillettes ; car il fallait que tout le monde en eût, et tout le monde en avait sur son assiette, avec un peu de purée de marrons et de chair à saucisse. Clémence, la petite bonne, avait fait la distribution avec une équité salomonesque, et les gamines s'étaient mises à fonctionner énergiquement. Cette gourmande d'Ernestine, à qui le croupion était échu, avait même déjà des moustaches de graisse jusqu'aux oreilles.

Voyez-vous, monsieur l'abbé, dit alors mademoiselle Latournure qui promenait des regards ravis autour d'elle, je ne suis pas riche... ou, pour mieux dire, je n'étais pas riche, il y a cinq minutes... et mon petit externat me rapporte à peine de quoi vivre. Mais, tous les ans, la veille de Noël, je mange une dinde aux marrons avec quelques-unes de mes élèves, avec celles, vous sentez bien, chez qui je sais qu'il n'y aura pas de réveillon... Clémence, versez l'eau rougie. Ces enfants meurent de soif... C'est mon seul « extra » de l'année, ma petite débauche...

Mais, n'est-ce pas, monsieur l'abbé, que c'est charmant à voir ?...

Puis, s'adressant brusquement à l'une des gamines :

— Marie Duval, faites-moi le plaisir de ne pas sucer vos doigts et de manger plus proprement... Une grande fille de neuf ans !... Vous n'avez pas honte ?... Et maintenant que me voilà de nouveau à mon aise, continua la bonne vieille, car vous savez, Clémence, je vous annonce une nouvelle agréable, vous n'aurez plus de discussions, désormais, avec le charbonnier et la laitière ; il seront payés *recta*... Oui, maintenant que j'ai retrouvé mon avoir, je suis capable, monsieur l'abbé, de garder mon externat, rien qu'à cause du dîner des petites. Seulement, je m'offrirai maintenant ce régal à toutes les fêtes carillonnées, et la volaille sera énorme... Vous entendez, mes enfants ?

Trois ou quatre fillettes, les plus grandes, levèrent un instant le nez de dessus leur assiette et lancèrent un respectueux : « Oui, mademoiselle ». Cependant les belles promesses de l'institutrice firent peu de sensation. L'avenir n'existe pas pour l'enfance. Les gamines étaient alors absorbées par le présent, c'est-à-dire par la dinde.

— Mademoiselle, fit tout à coup l'abbé Moulin, qui avait gobé son biscuit et posé son verre sur la table, mademoiselle, excusez-moi si je suis indiscret. Mais vous avez devant vous un homme stupéfait, positivement. Je trouve en vous une personne bien portante, pleine de gaieté, goûtant avec délices un plaisir innocent qui est en même temps un acte de bonté délicate, et, vous l'avouerai-je ? Renaudel m'avait parlé de vous...

— Comme d'une égoïste, s'écria mademoiselle Latournure en éclatant d'un bon et charmant rire qui la rajeunissait. Eh bien ! Renaudel vous a dit la vérité.

— Comment ?

— Oui, une vieille fille très ridicule, ne songeant plus qu'à sa santé, s'écoutant digérer, geignant toujours... Quand Renaudel me connaissait, j'étais ainsi... Et voulez-vous l'étonner, ce brave homme de voleur ? Dites-lui donc qu'en me ruinant il m'a rendu la santé et la bonne humeur.

En ce moment, Clémence, la petite bonne, qui avait disparu pendant deux minutes, apporta une large tarte aux pommes que les gamines saluèrent d'un long hurrah. La tarte fut placée devant mademoiselle Latournure, qui, avant d'y porter le couteau, inspecta d'un regard circulaire toute la marmaille attablée.

— Émilie Charron, dit-elle alors, tenez-vous droite, à moins que vous ne vouliez absolument devenir bossue... Et vous, Sophie Bellanger, que je ne vous surprenne plus à mettre vos coudes sur la table...

Mais la bonne vieille grondait mal. Au milieu de ses élèves, en ce repas de Noël, — son meilleur jour de l'année, — le contentement éclatait dans ses petits yeux noirs, sur ses joues vermeilles ; et sa voix, qu'elle essayait vainement de grossir, était indulgente jusqu'à la tendresse.

— Monsieur l'abbé, reprit-elle tout en partageant la tarte selon la plus inflexible justice, prenez encore un peu de vin et un autre biscuit, et je vous dirai mon histoire en peu de mots... Je ne me suis pas mariée, parce que j'avais à soigner mon père, veuf, vieux et malade. Le jour de sa mort, — je n'oublierai jamais qu'au dernier moment, en désespoir de cause, on alla chercher un médecin illustre qui vint, en pelisse fourrée, dit : « Il est mort, » et demanda cent francs pour sa visite, — le jour de la mort de mon père était l'anniversaire de ma naissance. J'avais quarante-cinq ans. J'étais seule au monde, sans aucun intérêt dans la vie, avec un immense besoin de repos ; car mon pauvre père, qui souffrait beaucoup, était devenu, il faut bien le dire, très exigeant et même tyrannique. « C'est à mon tour de me soigner, » pensai-je, et je ne fis plus que cela. Je n'étais que fatiguée, je me crus malade, et je le devins pour de bon, en me droguant. J'ai été la personne qui ne peut entendre prononcer le nom d'une maladie sans s'imaginer que c'est la sienne, pour qui le menu de chaque repas est une affaire d'État, chaque digestion un drame. J'ai fait de la diète lactée pendant trois mois ; j'ai même été végétarienne, et avec des exclusions, encore ; car je m'étais persuadée que certains légumes étaient dangereux, que les épinards, par exemple, les inoffensifs épinards, le balai de l'estomac, contenaient un poison lent, et que le macaroni donnait le ver solitaire... Oui, monsieur l'abbé, j'ai usé dix médecins ; je changeais tous les ans de station thermale. Les médicaments annoncés à la quatrième page des journaux m'ont tous comptée parmi leurs victimes. J'ai consulté des homéopathes, des somnambules, tous les empiriques, et l'on m'a vue, dans les faubourgs lointains, me glisser dans la mystérieuse arrière-boutique des herboristes à demi sorciers, qui vendent des breuvages. Mon caractère, jadis très doux, s'était aigri. J'exigeais qu'on me plaignît, et quiconque ne me semblait pas prendre un intérêt suffisant à ma santé me devenait odieux. Enfin je me sentais insupportable aux autres et à moi-même, quand Renaudel m'emporta tout ce que je possédais, sauf quelques milliers de francs... Monsieur l'abbé, ce fut le salut pour moi... Il me fallait travailler ou mourir de faim. Ce petit exter-

nat était à vendre ; je l'achetai avec mes dernières ressources, et, tout de suite, devant mes petites élèves la flamme de maternité, qui dort sous la cendre dans le cœur de toutes les vieilles filles, se ralluma. Si j'avais été jusque-là souffreteuse et égoïste, c'était parce que je n'avais rien à faire, parce que je n'avais personne à aimer. Autrefois, dans ma paresse de malade imaginaire, je ne digérais qu'à coups de peptone mes boulettes de viande crue. Aujourd'hui, mon estomac supporte le bœuf à l'oignon et les pommes de terre au lard... Gagner sa vie, quelle excellente hygiène ! Et puis, dans les familles de ces enfants-là, j'ai vu tant de pauvreté fière et décente, j'ai pris de si bonnes leçons de résignation et de courage !... Que vous dirai-je, monsieur l'abbé ? J'ai vécu de bien mauvais jours. J'ai peu d'élèves, on me paie mal, mes vieilles nippes n'ont plus que l'âme et le mois du terme est terrible. Mais l'insouciance et la gaieté des enfants, c'est contagieux. J'ai appris à vivre à la grâce de Dieu, au jour le jour, pour la minute présente... et, tenez, j'ai envoyé hier au Mont-de-Piété mon vieux cachemire pour acheter cette dinde de Noël... Vous me rendez ma petite fortune. Tant mieux ! Mais, soyez tranquille, je ne vais pas me remettre à enrichir les apothicaires... Je ne quitterai pas mon externat. Seulement, comme je deviens tout de même bien vieille, je prendrai, pour m'aider, quelque pauvre fille à teint pâle et à brevet, à qui je rendrai la vie douce, à qui je referai des joues et dont je serai l'amie... Et il y aura toujours dans le buffet quelque chose de bon pour les gamines qui m'arriveront avec un panier mal garni ; et je n'aurai plus besoin de tourmenter les pauvres mamans en robe fanée qui poussent un si gros soupir en tirant de leur vieux porte-monnaie les vingt francs pour le mois de la petite. Certes, je veux demeurer, je vous le promets, — et jusqu'à ma mort, si c'est possible, — dans cette atmosphère enfantine, au milieu de ces rires frais et de ces yeux purs. C'est un trop bon régime pour que j'y renonce... Dites cela à Renaudel... Vous avez mon reçu de la grosse somme; remettez-le-lui sans trop de remerciements... Après tout, il n'a fait que son devoir... Mais c'est grâce à lui, tout de même, que je ne suis plus une vieille patraque, grognant au coin de son feu, remuant des tisanes et des fioles de pharmacie ; et, pour cela, je suis son obligée.

Mademoiselle Latournure avait été forcée de dire ces dernières paroles à voix très haute, de les crier presque ; car, la tarte aux pommes ayant disparu jusqu'à la dernière miette, les petites filles, excitées par le bon repas, commençaient à bavarder entre elles ; et c'étaient des jacassements et des ramages comme dans un arbre plein de nids, au lever d'un soleil d'avril. Seule, Ernestine, la gourmande à présent repue, avait laissé tomber sa tête lourde de sommeil sur ses petits bras croisés, à côté de son assiette, et s'était endormie profondément.

Mon Dieu ! L'abbé était ravi, sans doute, que la pauvreté eût rendu à cette aimable demoiselle la joie du corps et de l'âme. Mais cela lui semblait, quand

même, extraordinaire et paradoxal. Il se rappelait son peuple de chiffonniers, où les choses ne se passaient pas de la même façon, où, tout au contraire, faute d'argent, on se portait mal et on mourait comme mouches.

— Je vous félicite, mademoiselle, dit-il en se levant, de votre guérison. Il est certain que l'argent ne donne pas la santé, que même — et ce fut votre cas — il peut lui nuire... Pourtant, j'ai, parmi mes pauvres, une enfant de treize ans qui est anémique à faire pitié... Il lui faudrait des viandes saignantes et du vin vieux; et cela coûte cher...

— Je vous comprends, monsieur l'abbé, interrompit en riant la vieille fille. C'est pour les anciens riches seulement que les privations sont un bon remède. Envoyez-moi le nom et l'adresse de votre petite protégée. Demain je serai capitaliste, et soyez tranquille, elle va faire connaissance avec les vins de Médoc de derrière les fagots et les biftecks de filet... Maintenant, excusez-moi si je ne vous retiens pas davantage ; mais j'ai encore à emmitoufler tout ce petit monde et à le reconduire chez papa et maman.

Après de grands remerciements, l'abbé Moulin qui, comme on voit, faisait, ce soir-là, d'excellentes affaires, se retira en déployant ses politesses cléricales. Reconduit par la petite bonne, il trouve son cocher descendu de son siège, tapant des pieds sur le trottoir et « battant le vilain » avec fureur ; car le froid pinçait ferme. La lune qui, si l'on en croit le proverbe, est une grande mangeuse de nuages, avait décidément pris le dessus, et le brouillard se dissipait lentement en vapeur azurée.

« Ah ça ! se dit l'abbé avec un peu d'impatience quand la voiture se remit en marche, est-ce que je ne finirai pas par rencontrer un vrai malheureux, à qui ce coquin d'argent fasse tout à fait plaisir ? »

IV

LA MÈRE ET L'ENFANT SE PORTENT BIEN

Un quart d'heure après, l'abbé descendait de son fiacre devant une maison neuve de la rue de Rennes et demandait au concierge si M. Henri Burtal était chez lui.

Ce concierge, du genre respectable, un concierge à barbe grise, à robe de chambre et à bonnet grec, se chauffait alors les tibias, et, son journal à la main, roupillait sur un article de fond annonçant une nouvelle coalition de la droite et des radicaux contre le cabinet. Mécontent d'être interrompu dans ces méditations d'électeur et de citoyen par un courant d'air et par l'apparition antipathique d'une soutane, cet homme d'État jeta, par-dessus l'épaule, un dédaigneux « troisième à gauche », et se replongea dans l'étude si intéressante de la combinaison parlementaire par laquelle M. Basly et M. le duc de la Rochefoucauld, d'accord sur la question des betteraves, pouvaient renverser le ministère et faire baisser la rente de cinquante centimes.

Au troisième à gauche, après avoir lu sur une belle plaque de cuivre le nom de « Henri Burtal, architecte », le vicaire vit au-dessus de la porte un fragment moulé de la frise du Parthénon, où se cabraient quelques-uns des célèbres petits chevaux avec leur crinière en brosse à dents. Cet illustre plâtras signifiait symboliquement que M. Henri Burtal vous construirait très volontiers un temple de Minerve ou de Jupiter Olympien, si vous lui en manifestiez le désir, mais que, d'ailleurs, pouvant le plus, il pouvait le moins, et était tout disposé, par exemple, à rogner le mé- moire déraisonnablement grossi de votre menuisier ou de votre fumiste, d'après

ouvrit aussitôt la porte, recula d'étonnement à la vue de l'ecclésiastique et s'écria, en lui soufflant au nez une

CE CONCIERGE, DU GENRE RESPECTABLE...

la dernière série des prix de l'Hôtel de Ville.

Au coup de sonnette, une vieille et horrible commère en bonnet de linge

haleine qui empestait le mêlé-cassis :

— Allons !... Ce n'est pas encore la sage-femme !

— Je crains d'arriver fort mal à propos ,dit le prêtre interloqué. Mais je n'ai que peu d'instants à réclamer de monsieur Burtal, et si c'était possible...

— Oh ! vous pouvez entrer, reprit la commère qui, chaque fois qu'elle ouvrait la bouche, donnait à l'abbé Moulin l'illusion qu'il passait devant la boutique d'un liquoriste... Tenez, là, dans le cabinet de monsieur... Il est auprès de madame, qui a été prise des premières douleurs à midi. Mais je vais vous l'envoyer... Pour ce qu'il nous aide, la bonne et moi, il fera aussi bien de causer avec vous... C'est bête comme tout et ça ne sert à rien, les hommes, dans ces moments-là.

Et, après avoir introduit l'abbé dans le cabinet de l'architecte, où, sur la haute table à tréteaux, un bec de gaz éclairait une grande épure :

— Bon, voilà le feu qui s'éteint, fit la vieille qui se mit à fourgonner le coke avec les pincettes. Tenez ! j'ai idée que c'est une baraque ici... Moi, je suis la garde, pour veiller l'accouchée cette nuit. Quand on doit passer la nuit, il faut se soutenir, n'est-ce pas ? Eh bien, imaginez-vous que la bonne, qui m'a tout l'air d'une bécasse, a perdu la tête et n'a rien fait pour dîner... De sorte que j'ai dû me contenter d'un morceau de veau froid... Et, pas vrai, rien n'est plus lourd sur l'estomac. Je crois bien que je ne l'aurais jamais digéré, si je n'avais pas trouvé un fond de bouteille de cognac dans le buffet... Et j'ai été forcée d'en boire, mais, vous savez, pas même de quoi remplir un dé à coudre... Car je n'ai jamais aimé l'eau-de-vie ; elle me fait mal ; et, quand j'en prends, par extraordinaire, ce n'est rien qu'une goutte et encore mêlée avec quelque chose de doux.

Ayant proféré cette abominable im-

posture, la mégère partit ; et, resté seul, l'abbé Moulin, pour tuer le temps, examina le dessin étendu sur la table de travail.

Il représentait — plan, coupe et élévation — une petite gare de chemin de fer. Oh ! toute petite, comme on n'en trouve que dans les campagnes perdues, sur les lignes d'intérêt local, où les coquelicots et les pissenlits poussent entre les rails de la voie unique et peu fréquentée. Oui, une toute petite gare, dessinée avec un soin méticuleux. Et rien n'y manquait, ni le petit hangar des marchandises, ni la petite lampisterie, à droite, ni, à gauche, l'indispensable édicule : « Côté des hommes. Côté des dames. »

Alors, jetant un regard autour de lui, l'abbé s'aperçut que les dessins et les aquarelles encadrés, sur les murailles, représentaient aussi d'autres toutes petites gares, semblables à celle de l'épure qu'il avait sous les yeux. La station de chemin de fer sans importance, c'était là évidemment la spécialité de M. Henri Burtal ; et cela devait être peu amusant et assez monotone d'exécuter toujours la même bricole, sans changer de place le moindre caniveau, de bâtir toujours la même maison, où tout était si bien réglé d'avance et tellement identique que la même clef aurait pu ouvrir toutes les serrures des logements de chef de gare, depuis la tête de ligne jusqu'au terminus. Car elles étaient absolument pareilles, les petites gares, et quelquefois seulement — mais c'était rare — l'architecte, par fantaisie d'artiste, par caprice d'inspiration, avait placé la lampisterie à gauche et la vespasienne à droite.

L'abbé Moulin, que les chevaux de Phidias avaient inquiété tout d'abord

se rasséréna. Évidemment, Henri Burtal n'en était pas encore aux cathédrales,
aux palais royaux, aux opéras en marbres polychromes.
Tout au plus, une
aquarelle, modestement reléguée dans
un coin, — une restauration idéale des
Thermes de Caracalla,
— laissait deviner que
Henri Burtal avait
jadis fait son voyage
d'Italie et rêvé la
gloire.

Mais aucun espoir,
n'est-ce pas ? que le
fou furieux, fils de
Septime-Sévère, assassiné — comme tout
empereur romain qui
se respecte — en l'an
217 de l'ère chrétienne, ressuscite jamais et fasse réparer
ses gigantesques
étuves.

Donc, l'architecte,
réduit à construire
les petits édifices :
« Hommes, Dames, »
était, selon toute
probabilité, un assez
pauvre diable, et l'abbé, qui lui apportait une fortune, était bien aise de cette
vraisemblable supposition.

Un impérieux et violent coup de sonnette arracha le vicaire à la contemplation des gares exiguës.

Il entendit, dans l'antichambre, une
exclamation de la vieille ivrognesse, le
murmure d'une autre voix féminine,
mais très énergique, — le contralto
d'une femme à moustache, — puis le
bruit d'une porte qu'on ouvrit et d'où
s'échappèrent des gémissements étouffés.

RÉDUIT A CONSTRUIRE LES PETITS ÉDIFICES...

Pas de doute. La sage-femme venait
d'arriver.

Quelques instants après, le maître du
logis, M. Henri Burtal, en complet gris,
apparaissait devant l'abbé.

Oh ! le beau garçon ! Mâle et joli. Un
hercule blond et svelte. Taille fine,
larges épaules. Trente ans, tout au plus.
La tête petite comme celle des statues
antiques, et ronde sous les cheveux ras.
Dans les yeux bleus, une lumière de

franchise et de cordialité. Et quelles dents éclatantes dans la bouche un peu trop grande, mais vermeille et sensuelle, et si bien faite pour le sourire sous une amusante moustache de chat en colère !

En voilà un qui, le soir, dans la rue de Rennes, devait faire retourner la tête aux grisettes remontant vers Montparnasse... Ah ! ma chère !

OH ! LE BEAU GARÇON !

Mais, pour le moment, ce beau garçon, — que la nature avait bâti, comme Thésée et Pirithoüs, pour tuer des hommes à tête de taureau ou des chevaux à torse d'homme, et qui, dans notre médiocre civilisation, traçait des petits plans bien proprets à l'encre de Chine, — le beau garçon était en proie au trouble le moins dissimulé.

— Pardon, monsieur l'abbé, de vous avoir fait attendre, dit-il d'une voix tremblante d'émotion. On vous a dit... Ma jeune femme, ma pauvre Cécile !... Sa première couche, depuis quatre ans que nous sommes mariés... Cela lui a pris un peu avant midi... Dix mortelles heures !... Ah ! tant l'aimer, la voir souffrir, et ne rien pouvoir, et rester là comme un imbécile !... Mais excusez-moi, monsieur, et prenez la peine de vous asseoir. Je suis à vous, je vous écoute.

Le bonhomme d'abbé Moulin n'avait pas du tout l'air d'un prêtre d'archevêché, d'un vicaire général qui vient demander le devis d'une cathédrale. Pourtant l'architecte, sachant que le clergé est grand bâtisseur, espérait presque une aubaine, — qui sait ? quelque église à restaurer, peut-être un hospice, un couvent, un collège ? — et, par un grand effort de volonté, il imposait silence à ses sentiments pour bien accueillir ce client possible.

— Vous me pardonnerez certainement tout à l'heure, répondit l'abbé Moulin en tirant de sa poche et en ouvrant le portefeuille, de vous avoir dérangé dans cet instant critique de votre vie, quand vous connaîtrez la mission que je suis chargé d'accomplir près de vous... Préparez-vous à un très heureux événement. Votre ancien banquier Renaudel !...

— Ce coquin !

— ... Rend tout ce qu'il a pris, monsieur, à vous et aux autres ; et j'ai à vous remettre de sa part cette traite de cinq cent soixante-sept mille huit cent quatre-vingt-dix-neuf francs.

Saperlipopette ! Voilà qui valait mieux qu'une commande ! Et si l'empereur de la Chine en personne, accompagné de tous ses mandarins, était venu prier M. Henri Burtal de lui construire une pagode d'une quarantaine d'étages dans le goût de la tour Eiffel, le sympathique visage de l'artiste n'eût pas exprimé plus de surprise et de joie.

Et, quand il se fut assuré de sa chance inespérée, quand il eut bien examiné le papier prestigieux et fait répéter à l'abbé Moulin sa déclaration :

— Quel bonheur ! s'écria-t-il, les yeux irradiés. Vous permettez... Je vais annoncer cela à Cécile.

— Y songez-vous ? dit le vicaire. Dans un pareil moment !... Lui donner cette émotion !... Mais c'est pour la tuer !

L'architecte devint tout pâle :

— C'est juste, murmura-t-il. Vous avez raison... Merci.

Alors, considérant la traite qu'il tenait toujours à la main :

» Même, ajouta-t-il d'une voix qui s'altéra tout à coup, voilà qu'il m'épouvante, à présent, ce bonheur qui m'arrive... Oui, la fortune, dans ce moment-ci, quand ma pauvre femme étouffe ses gémissements de douleur, quand elle est en péril de mort peut-être, c'est effrayant !... Quoi ! tout à l'heure on viendrait me dire qu'elle est délivrée, que nous avons un enfant, qu'il n'y a plus rien à craindre... Et de plus, nous serions riches !... Mais c'est trop beau, cela. Ah ! monsieur l'abbé, nous n'avons pas une existence bien facile et bien gaie, ma chère femme et moi. Pour vivre, j'ai accepté les basses besognes de mon métier... Vous voyez... Je bâtis des hangars et des water-closets... Et trop heureux encore qu'on me donne de l'ouvrage, et je me plains de n'en avoir pas assez, bien qu'il faille à chaque instant me séparer de ma chérie, et aller en pro-

vince surveiller des travaux, et vivre à l'auberge... Ma bonne Cécile, cet hiver, n'a pas eu de quoi se commander une robe... Non, nous ne sommes pas à notre aise... Mais, parole d'honnête homme, on me dirait à cette heure : « Si tu veux être sûr que ta femme accouche sans accident, jette ce papier au feu, » eh bien, ce serait fait tout de suite !... Car cette fortune me fait peur.

En ce moment, un cri aigu, prolongé, déchirant, traversa les murailles.

— Ma Cécile ! ma pauvre Cécile ! s'écria l'architecte.

Et il s'élança, comme un fou, hors de la chambre.

L'abbé Moulin était désolé de son indiscrétion, mais il voulait son reçu pour Renaudel.

Il resta donc seul devant les petites gares, aussi tranquilles, dans leur cadre, qu'elles l'étaient en réalité là-bas, au fond des solitudes rurales, attendant le passage du train mixte, où les bêtes à cornes mugissent dans les wagons à claire-voie, où les cultivateurs des deux sexes sont assis dans les compartiments de « troisième », sages comme des images, un panier sur les genoux.

Au bout d'un quart d'heure, Henri Burtal revint.

— Elle est plus calme, dit-il, beaucoup plus calme... Ces femmes m'ont encore renvoyé, elles prétendent que ma présence ne fait qu'exciter la patiente... Horribles, ces femmes ! La matrone est brutale comme un sergent de ville, et la garde-malade sent l'eau-de-vie à soulever le cœur... Mais, quoi ? Il n'y avait pas ce matin, deux cents francs à la maison... Encore une fois toutes mes excuses, monsieur l'abbé. Ne m'aviez-vous pas parlé d'un reçu ?

— Le voici, répondit le vicaire.

L'architecte s'assit et signa. Puis tombant dans une rêverie :

— Plus d'un demi-million, murmura-t-il. La large aisance, comme autrefois... à l'époque où, au fond, je n'étais pas l'heureux... Car, il n'y a pas à dire, je ne connais le bonheur que depuis ma ruine.

— Celui-là aussi, songea l'abbé Moulin. Voilà qui est un peu violent... Que dites-vous, monsieur ? continua-t-il à voix haute. A l'instant même, vous vouliez bien me confier que votre vie était dure et pénible...

— J'avais tort, interrompit le beau garçon. Depuis quatre ans, elle est délicieuse ; car j'aime et je suis aimé... Un sentiment profond, une vraie tendresse, voilà ce qui vous fait supporter courageusement la médiocrité, même la gêne... Et, sans la misère, je n'aurais jamais su que Cécile m'aimait, je n'aurais pas eu le trésor de son cœur... Dites-moi franchement, monsieur l'abbé... En quels termes Renaudel vous a-t-il parlé de moi ?

— Comme d'un jeune homme, répondit le prêtre avec embarras et cherchant ses expressions, qui vivait selon les erreurs du siècle... qui s'adonnait au plaisir...

— Comme un viveur, tranchons le mot, reprit Henri Burtal, comme un libertin. C'est la pure vérité, et j'aime mieux vous l'avouer tout de suite... Voulez-vous mon histoire ? J'oublierai peut-être un peu, en vous la contant, l'affreuse inquiétude qui me fait sauter le cœur quand je pense à ce qui se passe dans la chambre à côté...

Et, se promenant à grands pas :

» A vingt-trois ans, dit le jeune homme, j'étais riche, libre, pas vilain gars, et j'avais dans les veines un diable de sang !... Je fis un voyage en Italie, soi-disant pour me perfectionner dans mon art, et, quand j'en revins, j'étais en état peut-être de construire des arènes tout à fait confortables pour livrer des chrétiens aux bêtes féroces, mais j'étais bien capable aussi, dans le cas où l'on m'aurait donné à bâtir une maison de cinq étages, d'oublier la cage de l'escalier et les éviers pour les cuisines... Par le fait, je m'étais occupé là-bas bien moins du Colisée et de Saint-Pierre de Rome que des jolies *fioraï* qui rôdent, le soir, devant les cafés, et vous offrent de petits bouquets. Et, de retour à Paris, je continuai ce genre d'études... Mais je ne vous offense pas, monsieur ?...

— Allez toujours, répondit le bonhomme. J'en entends bien d'autres au confessionnal.

— Dans la maison où je demeurais alors, ici tout près, rue de Vaugirard, j'avais pour voisines Céline et sa mère. Seulement j'habitais, au second, une jolie garçonnière, tandis que ces dames logeaient là-haut sous les toits. Très pauvres, ces dames. La maman, veuve d'un employé du ministère, grignotait une petite pension, et la fille, qui était élève télégraphiste, partait tous les matins, son petit carton sous le bras, pour aller piocher, rue de Grenelle, son alphabet Morse. Je la trouvai tout à fait charmante, et il me sembla, après quelques regards échangés, que je ne lui déplaisais pas. Cela commença par des coups de chapeau dans l'escalier, par des bouts de conversation de voisine à voisin. Bref, je fus reçu chez ces dames et — ce n'est pas beau, ce que j'ai fait là — j'en arrivai à débiter à la pauvre enfant mon boniment de séducteur. Elle me repoussa, nettement, mais comme une honnête fille qu'elle était, sans indignation, sans colère, seulement avec une grande tristesse dans la voix et dans les yeux... L'épouser ? Je le pouvais, et j'y songeais quelque peu. Mais j'étais si léger, alors... Quelques jours après mon échec, un littérateur de mes amis, de qui l'on jouait une comédie au Gymnase, me présenta à la jeune première, qui m'enleva, le soir même, dans son coupé, avec la boîte à bijoux et les bouquets du troisième acte... Je n'insiste pas, monsieur l'abbé, et je me ferai suffisamment comprendre en vous disant que, pendant une année environ, ce fut moi qui enrichis de diamants la cassette, encombrai de fleurs la loge de l'actrice, et réglai les comptes d'avoine avec le cocher... A ce jeu, un assez gros morceau de mon patrimoine, que j'avais entièrement confié à Renaudel, était déjà dissipé, lorsque ce farceur mangea le reste de la grenouille. La jeune première, qui avait obtenu un accessit au Conservatoire et connaissait son Corneille, me dit alors : « Soyons amis, » et se montra, le lendemain même, dans le mail-coach d'un gentilhomme de sang princier, qui avait consacré toutes ses facultés à l'art spécial des cochers d'omnibus, et qui occupait tous les soirs, au théâtre, un fauteuil à côté du mien... Ruiné, écœuré, me voilà sur le pavé de Paris, avec un métier qui ne nourrit pas son homme quatre-vingts fois sur cent. Je me mis à chercher un emploi et je commençai les dures étapes du solliciteur. J'avais quitté mon appartement de la rue de Vaugirard, et perdu de vue, oublié même à peu près complètement mes voisines... Comment aurais-je pu supposer que cette jeune fille, si sottement et si vilainement offensée par moi, m'avait gardé un souvenir indulgent, s'intéressait à mon sort, avait appris mon malheur et en avait été attristée ? C'était ainsi pourtant... Un soir de printemps que je rentrais chez moi, fort mélancolique, après toute une journée de démarches vaines, voilà que, tout à coup, en traversant le jardin des Tuileries, je me trouvai en face de Cécile, tout habillée de deuil. Elle me tendit la main, m'apprit que sa mère était morte depuis six mois, qu'elle était seule au monde, qu'elle savait mes ennuis, et elle m'adressa quelques bonnes et délicates paroles de consolation... Ah ! monsieur l'abbé, je ne sais pas ce que je lui dis alors ni ce qu'ont dû penser de nous les mamans et les nourrices assises sous les marronniers fleuris ; mais je me rappelle très bien que j'ai pris et gardé longtemps les mains de la chère enfant dans les miennes, et que j'ai pleuré en lui demandant pardon.

— A la bonne heure ! s'écria avec une satisfaction profonde l'abbé Moulin, absolument « empoigné ».

— Prenez garde ! Je vais encore un peu vous scandaliser... J'offris mon bras à Cécile, elle l'accepta et consentit même — où était le mal ? — à dîner avec moi dans une petite gargote de la rive gauche, — dame ! j'étais au bout de mes ressources, — où, pour un franc cinquante par tête, on avait droit, comme disait la carte imprimée, à deux plats détestables et à un piteux dessert. Mais j'étais si content que la chère fille fût restée mon amie, que je crois n'avoir jamais rien mangé de meilleur que la semelle de botte aux champignons qu'on nous servit... Après dîner, nous nous promenâmes encore sur les quais, le long de la rivière où tremblait le reflet des premières étoiles ; et à la façon dont le bras de Cécile s'appuyait sur le mien, au regard de bonne et tendre pitié qu'elle levait vers moi, je sentis — oh ! que c'était doux ! — qu'elle m'aimait, qu'elle m'avait toujours aimé ! Je sentis que si je lui répétais, dans cette heure suave, les paroles d'amour d'autrefois, elles ne seraient plus pour elle une insulte, mais un plaisir exquis, et que, si je le voulais, la généreuse fille qui m'avait repoussé quand j'étais heureux et riche, se donnerait tout entière, sans réserve, sans condition, sans regret, pour me faire un peu de joie, maintenant que je n'étais plus qu'un pauvre homme !...

— J'espère bien... fit le prêtre épouvanté.

— Rassurez-vous, monsieur l'abbé... Oh ! je ne vous cacherai pas que, sur le trottoir, devant l'Hôtel des Monnaies, — à cette heure-là, c'est un endroit où il ne passe personne, — je ne vous cacherai pas que j'ai pris et donné un baiser à ma Cécile. Mais c'était en lui jurant que je lui dévouais mon cœur, qu'elle serait ma femme, que, tant pis ! on vivrait comme on pourrait et que, désormais, nous irions bras dessus, bras dessous, par la pluie et le beau temps, par les bons et les mauvais chemins... Et ça n'a pas traîné, je vous prie de le croire. Après les délais, on est allé faire un tour à la mairie et à la paroisse. Et j'ai vendu mes derniers bibelots — un tas de bêtises japonaises, qui m'avaient coûté horriblement cher et qu'on a maintenant à vil prix au « Bon Marché » — et j'ai acheté la robe blanche et le bouquet de la mariée. Par bonne chance, j'obtins, la veille de la noce, cette place d'architecte dans un chemin de fer, où je ne suis encore que le sous-ordre des sous-ordres, et où, comme vous voyez, je n'ai pas à construire des Parthénons... Mais on vit tout de même, et nous sommes un ménage d'amoureux. L'existence la plus chétive est bonne s'il y pousse quelques fleurs de sentiment. C'est comme des capucines sur une humble salade ; elle est parée, elle semble meilleure... D'ailleurs, tout cela, j'y songe, c'est du passé, dit Henri Burtal en s'interrompant. J'ai cinq cent mille francs, je suis riche, et le voilà résolu pour ma chérie, le problème des bottines et des corsets... Je connais une jolie parure d'émeraudes, au Palais-Royal, et dès demain... Demain ! En attendant demain, ma Cécile est en danger de mort, aujourd'hui, en ce moment même !... Oh ! monsieur l'abbé ! monsieur l'abbé ! donnez-moi de l'espoir et du courage, priez Dieu pour ma pauvre amie, vous qui savez des prières, et dites-moi qu'ils viennent tous au monde sans accident, les enfants nés dans la nuit de Noël.

Le vieux vicaire, touché jusqu'aux larmes, serrait les mains de l'architecte et cherchait quelques bonnes paroles, quand la garde-malade, rouge comme pivoine, d'émotion peut-être, et aussi à cause de la bouteille de cognac, fit irruption dans la chambre en beuglant de toutes ses forces :

— C'est un garçon !... Bravo, monsieur !... Et tout a marché comme sur des roulettes.

Et, oubliant tout à fait son visiteur, l'heureux père, suivi de l'horrible vieille, courut embrasser l'accouchée.

De nouveau seul avec les petites gares, l'abbé Moulin rumina quelques réflexions.

« Voilà un bon garçon, ce Burtal. Et il a raison... L'amour véritable, c'est encore du bonheur qui n'est pas à vendre... Que le bon Dieu les bénisse, ces jeunes gens, ainsi que leur nouveau-né !

Puis, apercevant une pendule qui marquait neuf heures trois quarts :

J'AI PRIS ET DONNÉ UN BAISER A MA CÉCILE.

« Oh ! oh ! dépêchons-nous, dit le bonhomme. Il y a une trotte, d'ici au boulevard Malesherbes.

Ayant remis ses gants et boutonné sa douillette, il allait s'échapper « à l'anglaise » lorsque Henri Burtal reparut, le visage enflammé de joie :

— Non, non, cria-t-il d'une voix vibrante, vous ne partirez pas comme cela... Vous savez, superbe, le petit ! Énorme !... On est en train de le peser... Et si vous pouviez voir ma Cécile, si pâle, la pauvre enfant, sur les oreillers !... Mais quel sourire !... Non, je suis trop heureux ! Il faut que je fasse du bien à quelqu'un !... Vous, monsieur l'abbé, vous connaissez sans doute beaucoup de misères... Je vous en prie, indiquez-m'en une à soulager, puisque me voilà riche.

— Eh bien, mon cher monsieur, répondit le prêtre qui ne perdait jamais de vue son cher quartier Mouffetard, si la pauvreté vous a donné l'amour et le bonheur, je sais, moi, deux braves jeunes gens pour qui c'est exactement tout le contraire... L'amoureuse est dans les perles fausses et l'amoureux dans les mottes à brûler... La fille est sage, ce qui est assez rare dans la paroisse Saint-Médard... Il ne leur manque que cinq cents francs pour se mettre en ménage.

— Ils en auront mille, dit l'architecte en prenant congé du vicaire. Venez quand vous voudrez, monsieur l'abbé, pour toucher la somme... Et je compte sur vous pour baptiser mon petit garçon... Et, n'est-ce pas ? nous l'appellerons Noël.

V

DANS « LA HAUTE »

En arrivant devant l'hôtel du marquis de Capdecamp, qui est situé boulevard Malesherbes, près du parc Monceau, le fiacre de l'abbé Moulin dut prendre la file, car il y avait, ce soir-là, réception chez le marquis et, à sa porte, encombrement de coupés et de landaus.

Sur le seuil, — oh ! que de plantes

vertes, de fleurs, de lumières ! et quel beau tapis d'Orient couvrant les marches du perron ! — sur le seuil, un laquais ouvrait les portières. Un laquais

en général en chef ou en premier ministre.

A l'aspect de l'ecclésiastique, qui, selon l'expression populaire, « marquait

superbe, en livrée somptueuse, les cheveux enfarinés, et dont la paire de mollets moulés dans la soie blanche eût suffi jadis, à la cour de Catherine II, odur transformer un simple grenadier

mal » avec son vieux chapeau, sa douillette flétrie et son rabat crasseux, le magnifique larbin, malgré l'impassibilité professionnelle, eut un recul d'étonnement et même de dégoût.

Mais, dans son fiacre, en attendant son tour de descendre de voiture, l'abbé s'était armé d'assurance. Il n'avait plus que cette visite à faire et ne voulait pas échouer au port.

— J'ai absolument besoin de parler un instant à monsieur le marquis, dit-il au laquais.

— Mais... je ne sais si monsieur le marquis pourra vous recevoir, répondit l'homme aux mollets... Enfin, le valet de chambre de monsieur le marquis est là... Adressez-vous à lui...

Avant de gravir les degrés du perron, le vicaire, sans se laisser intimider par la présence de cinq ou six grands drôles à aiguillettes et à tête poudrée, réclama le valet de chambre, — en bas de soie noire, celui-ci avec jabot et manchettes, — et lui renouvela sa requête.

D'abord, le valet se récria.

Déranger monsieur le marquis ! En un pareil moment, quand il y avait trois cents personnes dans les salons !...

Pourtant, le prêtre insistant toujours, le prestige de la soutane ayant fini par opérer, M. Auguste — c'était le nom de l'important personnage — consentit à aller prévenir son maître ; et l'abbé, tout de même un peu embarrassé de sa personne dans la splendide anti-chambre, se dissimula de son mieux entre deux caisses d'azalées en fleurs.

L'attente fut assez longue.

En face de lui, au vestiaire, l'abbé Moulin vit plusieurs belles dames émerger de leurs fourrures de chinchilla ou de renard bleu, en grand décolleté, et, pour la première fois de sa vie, il fut admis à contempler une série de nuques, de poitrines, de bras et d'épaules, que vous connaissez comme vos poches, Monsieur et cher lecteur, pour peu que vous soyez abonné de l'Opéra et habi-

tué assidu des réunions mondaines. Mais le bonhomme était plus inébran-lable que saint Antoine lui-même ; et, seuls, les bijoux et les parures qui re-haussaient l'éclat de ces « trésors », comme disaient nos aïeux, excitèrent l'attention et aussi le mécontentement du vieillard charitable jusqu'à l'excès, qui s'était ruiné pour les pauvres, du socialiste selon l'Évangile.

« Décidément, songeait-il en faisant la grimace, elles ont trop de diamants tout de même... Quand je songe que, par ce froid, à la Butte-aux-Cailles, mes pauvres diables de chiffonniers en sont réduits à mettre « chez ma tante » leurs matelas et leurs couvertures !... On aura beau dire, tout cela est mal arrangé.

Le retour de M. Auguste le tira de ses réflexions.

— Si monsieur l'abbé veut bien me suivre ?

Allons ! la soutane avait fait encore une fois son petit effet.

Et après avoir monté, derrière son guide, un étroit escalier, l'abbé fut introduit, au premier étage, dans une vaste pièce. Un lustre hollandais y éclai-rait discrètement des bibliothèques, et d'énormes bûches de chêne flambaient dans une cheminée monumentale.

— Monsieur le marquis prie monsieur l'abbé de l'attendre quelques minutes, dit le valet de chambre en se retirant.

Mais elles n'en finissaient plus, les minutes.

L'abbé examina d'abord les armoires fort compliquées du marquis, qui sur-montaient la grande cheminée, sans trouver là d'ailleurs une distraction bien intéressante. Car il ignorait la noble science du blason et ne pouvait comprendre toutes les beautés de cet écusson écartelé, où il y avait des tours pareilles à celles du jeu d'échecs, une à la porte d'un marchand de vins dans la saison des huîtres, et un lion qui

PLUSIEURS BELLES DAMES...

croix rouge comme sur les bouteilles d'absinthe suisse, des coquilles comme avait plutôt l'air d'un caniche de cirque forain et qui faisait le beau en tirant la langue. Il jugea même, faut-il le dire ? absolument dépourvue de modestie chrétienne la fière devise des Capdecamp : « Toujours en teste ! » et, quand il se rappela que les membres de cette glorieuse famille avaient participé aux plus illustres défaites de notre histoire le fameux « Toujours en teste ! » — si fort admiré par les d'Hozier contemporains et tous les amateurs d'héraldisme — apparut au digne prêtre comme une grotesque fanfaronnade.

Cependant, depuis qu'il était dans cette chambre, il entendait, tout près de lui, derrière une épaisse et sombre portière de velours, un vague brouhaha, une rumeur étouffée et confuse.

Là, derrière ce voile était le « monde » dont l'abbé avait si souvent parlé, dans ses homélies, sans en rien connaître, « de chic », — qu'on nous pardonne cette façon de parler irrévérencieuse, — le « monde », dont il recommandait aux enfants du catéchisme de fuir les pompes, les séductions et les dangers, à peu près comme il leur aurait défendu de mettre leur doigt dans leur nez; car, comme connaissance du « monde », l'excellent homme était à peu près aussi ignorant que son auditoire, composé de gamins de dix à onze ans, de gosses et de gosselines du faubourg Saint-Marceau, appartenant au «monde» des chiffons et de la tannerie, et qui, en fait de voluptueuses concupiscences, n'avaient guère qu'un désir, celui de posséder un sou — bien à eux — pour s'acheter une pipe en sucre, une poupée en carton ou une page de soldats d'Épinal.

Mais, enfin, ce « monde » si mystérieux, contre lequel le pauvre prêtre avait tant de fois fulminé en citant de confiance un tas de Pères de l'Église, ce « monde » était là, à deux pas. L'abbé Moulin n'avait qu'à glisser un doigt, qu'à risquer un œil, entre ces deux pièces de velours lourdement drapées, et il le voyait, ce fameux « monde »

il le surprenait au sein des plaisirs qui le mènent à sa perdition.

Avouons le péché --- oh ! bien véniel — de l'abbé Moulin. La curiosité fut la plus forte. Il regarda par la fente, entre les deux rideaux, et il eut ce spectacle extraordinaire.

Un salon éclatant de lumière. Deux cents femmes, vues de dos, — il y avait de jolis dos, ne soyons pas injuste, — assises sur de grêles chaises d'or et serrées comme des sardines. A droite et à gauche, sous les baldaquins des portes, un grand nombre d'hommes plastronnés de blanc, aux visages mornes et fatigués, tous debout et encaqués, eux aussi, comme des harengs. Et là-bas, devant la cheminée, tournant le dos à un délicieux buste de Pajou, — celui de la maréchale de Capdecamp, qui a eu des bontés pour Louis XV, et dont le mari, l'illustre maréchal, a été tellement rossé par le grand Frédéric, — un individu isolé, plus laid que les autres, à la face glabre et suifeuse de cabotin, aux lèvres empâtées, qui débitait, avec des tics d'alcoolique et un aplomb de marchand de pommade pour les cors, on ne sait quelle informe prose, saupoudrée de séniles calembours et de blagues caduques sur les pêcheurs à la ligne, les maris trompés et les belles-mères.

Tous ces infortunés écoutaient un monologue !

L'abbé Moulin, simple d'esprit, n'était point une bête.

Cette foule compacte, où les deux sexes étaient séparés, — comme au catéchisme, — cette odeur nauséabonde de parfumerie, de fleurs mourantes et de viande humaine, surtout les contorsions et les grimaces abjectes du lointain saltimbanque, lui firent horreur. Il retira son doigt d'entre les deux rideaux, qui se refermèrent hermétiquement.

Comme on eût étonné le brave homme si on lui avait dit que les gens du monde empilés dans le salon voisin étaient à ce point las et dégoûtés les uns des autres et trouvaient leurs entretiens si fastidieux qu'ils préféraient encore à leur conversation ce monologue imbécile, et que le pitre qui le leur récitait — non content de la quarantaine de mille francs qu'il gagnait à son théâtre — se faisait payer vingt-cinq louis par soirée et exigeait encore des égards, des politesses et des compliments à n'en plus finir !

C'est alors que l'abbé Moulin aurait trouvé qu'on jetait l'argent par les fenêtres et qu'il se serait indigné en pensant à la misère de ses pauvres chiffonniers !

Mais une porte s'ouvrit. L'abbé était en présence du marquis de Capdecamp.

Oh ! superbe ! Cinquante ans et les mois de nourrice, mais superbe ! Un peu teint, sans doute, avec quelques reflets lilas dans la barbe et des poches d'eau sous les yeux. Mais quelle tenue ! quelle prestance de gentilhomme ! Et le nez de François Ier ! Allez voir le Titien du Louvre. Tout à fait ça ! Et puis, je parlais de plastron de chemise, tout à

l'heure. Voilà un homme qui était cuirassé d'empois. Une banquise dans son gilet, tout bonnement. Une Sibérie traversée par le cordon noir du lorgnon ! Certains snobs se font blanchir à Lon-

dres. Passé de mode ! Vieux jeu ! Le marquis envoyait son linge à New-York, où l'on commence déjà à trouver des blanchisseurs chinois, les premiers de l'univers.

Pauvres élégants de pacotille, vous

pouvez, tant que vous voudrez, implorer votre repasseuse, lui faire la cour même, — il y en a de charmantes, des repasseuses, — vous n'obtiendrez jamais cet éclat, cette pureté de neige. Devant le plastron de M. de Capdecamp, on baissait les yeux, de peur d'ophtalmie.

QUELLE PRESTANCE DE GENTILHOMME !

Après un petit salut de la tête, très sec, probablement pour ne pas détruire l'économie de son éblouissant plastron :

— Vous désirez, monsieur l'abbé ?... demanda le marquis d'une voix nasale et impertinente.

Franchement, il lui déplaisait, le gentilhomme, à l'abbé Moulin. On l'avait fait attendre, il ne voulait pas se mettre en retard. Ma foi, il ne prit pas de gants pour s'expliquer avec le noble seigneur, et il lui conta promptement, brutalement même, sa petite affaire. « Renaudel... Votre ancien banquier... Tout le monde remboursé... Voici la traite... Un million, etc., etc... Et mon reçu, s'il vous plaît, monsieur le marquis ? »

Bien qu'ayant rougi jusqu'aux oreilles, dès les premiers mots, M. de Capdecamp voulut montrer du sang-froid, opposer l'impassibilité du dandy à la rudesse plébéienne du prêtre. Il logea son lorgnon dans un de ses yeux pochés, examina la traite attentivement comme pour s'assurer qu'elle était régulière, la plia en quatre, la glissa dans le gousset de son gilet, signa le reçu sur un coin de table et le rendit à l'abbé, du bout des doigts.

Et le prêtre saluait déjà pour se retirer, quand, tout à coup, épuisé par l'effort et brisé par l'émotion, l'homme du monde s'affala, s'écroula dans un fauteuil ; et, les coudes aux genoux, le front dans les mains, il murmura d'une voix douloureuse, sanglotante, navrée :

— Trop tard !... Trop tard !...

— Grand Dieu ! monsieur le marquis... Qu'avez-vous ? s'écria le vicaire stupéfait.

Mais M. de Capdecamp se releva d'un bond, la face pourpre de colère, et faisant rageusement de grands pas dans la vaste pièce :

— Ah ! vraiment, dit-il avec une amère fureur, il restitue ce qu'il a pris, ce voleur ! Il indemnise ses victimes, cet escroc et ce faussaire !... Avec les intérêts !... Car, je m'en souviens, la somme qu'il m'a dérobée était loin d'être aussi forte... Et vous vous attendiez sans doute, monsieur qui faites ses commissions, que je vais vous charger de présenter au sieur Renaudel tous mes compliments pour ce beau trait... Renoncez à cet espoir, je vous prie, et dites au contraire de ma part à ce drôle qu'on ne se réhabilite point si facilement, que — en ce qui me concerne — il n'a rien réparé du mal qu'il a fait, que je le considère toujours comme le dernier des misérables, et que je n'ai pour lui que mépris et que haine !

Il écumait ; et, marchant sur l'abbé qui recula vers la muraille :

» Un million !... cria-t-il en regardant le prêtre dans les yeux. Je me moque bien de son million !... J'en ai douze !... Les millions de mademoiselle Mardock, c'est-à-dire de madame la marquise de Capdecamp, qui donne ce soir une fête délicieuse et de qui la toilette sera décrite demain dans vingt journaux... Et l'argent de ma femme, entendez-vous ? c'est comme l'argent de Renaudel ; c'est de l'argent volé !... Un million !... Qu'est-ce qu'il veut que j'en fasse de son million ?... Est-ce que je peux racheter mon bonheur avec ?...

Ah ! il n'était plus correct du tout.

» Ma franchise vous étonne, n'est-ce pas ?... Tant pis ! J'ai cela sur le cœur depuis trop longtemps... Il faut que j'éclate !... Non, mais voyez-vous ce Renaudel, ce bas coquin, qui me rend mon argent et qui se croit quitte ?... C'est un peu fort... Pardieu ! jusqu'au jour où il m'a dépouillé par son ignoble vol, je n'avais pas vécu comme un niais, c'est clair... Dissipation et débauche, dites-vous ? Nous appelons cela, nous, galanterie et générosité ! Ce sont vices de bonne compagnie, peccadilles de gentilhomme ; et vous êtes là, vous autres

prêtres, pour nous en absoudre, une fois l'an... J'avais eu la main ouverte, comme un homme bien né que je suis, voilà tout... Justement, j'en avais assez de la vie de plaisir, je songeais à disparaître et à finir décemment. Il me restait quelques centaines de mille francs ; de quoi payer mes dernières dettes et me retirer, avec une pipe et un fusil de chasse, dans un petit domaine que j'ai encore chez moi, dans la Mayenne... J'allais le faire, je m'en étais donné ma parole... Tout à coup, ce Renaudel prend la fuite, et me voilà tout nu, avec vingt créanciers pendus à ma sonnette... Que faire ? A quarante-sept ans, on ne s'engage pas aux chasseurs d'Afrique... Travailler ! Fi donc !... Et puis, à quoi ?... Et puis, est-ce que j'aurais pu ?... J'ai été lâche... J'ai cherché si je n'avais pas encore quelque chose à vendre, un gage à porter chez les Juifs... Et je l'ai trouvé tout de suite, cet objet de commerce, cette proie de l'usurier.

Alors, désignant de la main son blason de famille :

» Il me restait ça, continua M. de Capdecamp. Et j'ai eu les millions de la juive moyennant la couronne de marquis, la devise, les lions, les tours, les coquilles, et toute la boutique !... Et je suis le gendre de ce Mardock, qui a vendu des contremarques dans sa jeunesse, qui a tenu un tripot, de ce Mardock, qui, avec son fameux « Comptoir de l'Agriculture », a vidé les bas de laine des ouvriers et des paysans, qui a volé les pauvres, de ce Mardock, qui, si les lois et la justice n'étaient pas une farce, devrait être à Nouméa en compagnie de votre Renaudel et manger avec lui à la même gamelle de haricots !... Dites-lui bien cela, à votre monsieur à scrupules tardifs, dites-lui bien que c'est son œuvre... Et

qu'il ne hausse pas les épaules ; qu'il ne
dise pas : « Ce pauvre marquis ! Il s'y
fera, il en prendra son parti... » Voilà
quatre ans que je suis marié, et j'ai toujours dans la bouche l'affreuse bile de
ma honte... D'autres, beaucoup d'autres
ont agi comme moi, sans doute, et dor-
ment très tranquillement sur le même
oreiller que la fille d'un voleur... Il y en
a quelques-uns de cette espèce, ici, dans
ce salon, derrière ce rideau, mêlés aux
connaissances de ma femme, las de par-
venus et de rastaquouères... D'autres
aussi qui n'ont pas vendu leur nom, qui
sont irréprochables, sont tout de même
venus, ce soir, du fond de leur noble
« Faubourg », attirés par l'or, pour voir
du luxe, par bassesse devant la fortune
et ceux-là ont aussi perdu le droit de
me mépriser, ou du moins de le dire
trop haut... Que m'importe l'opinion de
cette tourbe sur ma conduite ? Je ne
pense plus qu'à l'opinion des gens d'honneur, hélas ! et je la connais.

Le marquis s'était assis de nouveau,
et l'abbé le considérait, effrayé de son
accablement.

» Un million ! reprit le gentilhomme
avec un accent ironique. On peut se
payer un beau caprice, avec un million...
Je sais, dans l'Yonne, un château historique qui va être mis en vente... Oh
tout à fait le grand style... Mansard et
Le Nôtre, s'il vous plaît... Madame de
Capdecamp, qui a le goût magnifique,
en aurait envie, et les enchères n'attein-
dront certainement pas huit cent mille
francs... Il serait galant de ma part,
n'est-ce pas ? d'offrir à la marquise ce
cadeau royal... Mais elle est assez riche.
Je n'ai que ce pauvre million. Il m'est
permis de songer un peu à moi... Par
malheur, il n'y a qu'une chose qui me
ferait plaisir, et elle n'est pas à vendre.

Alors, levant de nouveau les yeux sur
le vieux prêtre :

« Écoutez cela, monsieur l'abbé... J'ai
servi, pendant la guerre de 1870, dans les
zouaves de Charette, avec un de mes
cousins, le baron Louis de Capdecamp,
qui est mon aîné de quinze ans. Il appar-
tient à une branche fort pauvre de notre
famille... J'ai connu peu d'hommes aussi
braves. Un courage gai... A Patay,
quand nous nous sommes lancés pour la
fameuse charge, il m'a regardé et m'a
crié avec son rire à la Kléber : « Capdecamp, toujours en tête !... » Un instant
après, il tombait, le bras droit fracassé.
On l'amputa, et il a eu la médaille militaire, dont il ne porte pas le ruban,
par esprit d'humilité ; car il est très
pieux... Louis a aujourd'hui soixante-
cinq ans. Il vit de trois mille francs de
rentes viagères, et il est trop fier pour
que les siens osent lui proposer la moindre
assistance. Il habite une petite chambre,
au cinquième, rue Jacob, et, quoique
estropié, fait lui-même son ménage et
sa cuisine, afin de pouvoir encore donner, par-ci par-là, sa pièce de cent sous
à des misères intéressantes, qu'il re-
cherche... Si vous le rencontriez, toujours
décemment vêtu, la manche vide de sa
redingote repliée sous l'aisselle, quand
il se rend à la messe de huit heures à
Saint-Germain-des-Prés, vous diriez, devant ses yeux de lion et sa moustache
blanche : « Voilà l'honneur qui passe ! »...
Trois mois après mon mariage, à propos
duquel il ne m'avait pas donné signe de
vie, je rencontrai Louis sur la place de
la Concorde et je m'avançai, la main
tendue. Il s'arrêta, recula d'un pas, me
lança un regard terrible, — mais plus
triste encore que terrible, — enfonça
dans sa poche sa main unique, et passa
en détournant la tête... Eh bien, mon-

sieur l'abbé, ajouta le marquis dont la voix se chargeait de sanglots, la seule chose qui me ferait plaisir et que tous les millions du monde ne peuvent me rendre, c'est la poignée de main du cousin Louis.

Et le malheureux se cacha la tête dans ses mains.

Devant cette douleur, — car il ne s'agissait plus, maintenant, de tenue, de grand air et de chemise bien empesée, et l'altier marquis n'était plus qu'un pauvre homme qui pleurait à chaudes larmes, — l'abbé Moulin était profondément ému.

Mais que dire devant l'irréparable?

Cependant, au bout de quelques minutes, le gentilhomme se redressa, prit son mouchoir, s'essuya les yeux, et, se levant avec un effort :

— Je viens de vous donner, dit-il, un bien ridicule spectacle. Excusez-moi, monsieur l'abbé... Je n'ai pas besoin non plus, je pense, de vous recommander la discrétion. C'est l'ordinaire vertu des prêtres... J'ai eu tort, d'ailleurs, de parler comme je l'ai fait de ce Renaudel. J'ai été trop sévère. Ce n'est pas sa faute, après tout si j'ai épousé mademoiselle Mardock... Seulement, il est bien heureux, lui, de pouvoir se nettoyer la conscience avec de l'argent... Dites-lui, s'il vous plaît, que je ne lui en veux point et que je lui souhaite bonne chance... Auguste va vous indiquer le chemin.

Et le marquis tira nerveusement un cordon de sonnette.

En venant chez cet homme et en lui apportant ce million, l'abbé Moulin avait bien songé, l'on s'en doute, à recueillir, là aussi, quelque belle aumône pour ses pauvres. Mais il n'eut pas le courage de rien demander. Et puis, il lui semblait que cet argent-là leur aurait porté malheur.

Le dos au feu, devant la haute cheminée, debout sous son blason vendu le marquis de Capdecamp se tenait immobile, les yeux baissés, honteux de son accès de désespoir, de cette défaillance de son orgueil.

L'abbé le salua silencieusement et suivit le valet de chambre.

VI

CONCLUSION

— Onze heures et quart, déjà !... Vite, rue de Clichy ! dit le vieux vicaire à son cocher, en sortant de l'hôtel Capdecamp.

Plus la moindre brume, à présent. La lune dans son plein. Un ciel lumineux et sonore, à souhait pour les carillons de Noël.

Mais, quand l'abbé Moulin, épuisé de fatigue et d'inanition, très troublé aussi par le souvenir de ses quatre visites, eut remonté son escalier et qu'il fut rentré chez lui, il crut d'abord que tout le brouillard de la soirée s'était réfugié dans son logis. Seulement, ce brouillard sentait le tabac de la Havane, et le prêtre finit par apercevoir, au sein de cet odorant nuage, le faux yankee Adam Harrison, c'est-à-dire Renaudel, qui, toujours enfoncé dans un fauteuil, les deux pieds sur la tablette de la cheminée, fumait tranquillement son huitième cigare.

— Voici vos reçus, lui dit l'abbé, qui fut pris d'une quinte de toux et ouvrit la fenêtre toute grande.

— Parfait, monsieur l'abbé, répondit

l'ex-banquier en se levant et en boutonnant son ulster de voyage, et je vous dispense de me rapporter les discours tenus sur mon compte par mes anciens clients. Je craindrais que, malgré tout, ils ne fussent pas tous des témoignages de considération et d'estime... Vous trouverez là, sous votre bréviaire, le billet de mille francs promis... Nous sommes quittes... Pourtant, quoique je ne sois pas riche du tout, à présent, je vous ai encore laissé cinq louis de plus, et voici pourquoi... Je ne peux pas rapporter à mon petit garçon la boîte de soldats de plomb à pantalons rouges qu'il m'a demandée, l'année dernière ; je ne tiens pas à lui rappeler ses souvenirs d'enfance... Mais cela me fait de la peine... Et je me suis dit, pour me consoler un peu, que vous auriez la complaisance d'acheter, demain matin, pour cent francs de joujoux et de les distribuer à vos petits chiffonniers de la part du Noël américain... Mais l'express n'attend pas... Une dernière poignée de main, monsieur l'abbé, et encore merci.

Et, sans permettre à l'abbé Moulin de le reconduire, le singulier homme s'en alla.

Resté seul, le prêtre se mit à sa fenêtre et rêva quelques minutes. Le bonhomme n'était pas pessimiste. Dans cette soirée où de si grosses sommes avaient passé par ses mains, il avait acquis la preuve que la gloire, la santé. l'amour, l'honneur, — tout ce qui vaut la peine de vivre enfin, — ne s'achetaient pas avec de l'argent, et, dans la naïveté de son cœur, il se promit de remercier Dieu que ce fût ainsi, en disant sa messe de minuit.

LA CURE DE MISÈRE

I

BIEN PORTANT

Demandez la liste officielle et complète des numéros gagnants de la *Loterie Internationale*... Demandez le tirage du gros lot de cinq cent mille francs... Dix centimes.

Au coin du faubourg Montmartre, on ne pouvait pas voir les deux camelots, perdus dans la brume crépusculaire et dans le fourmillement de la foule ; mais leurs deux voix — un ténor suraigu, une basse profonde — dominaient le bruit torrentiel des piétons et des voitures et se répondaient alternativement d'un trottoir à l'autre.

Albéric Mesnard venait de quitter les bureaux de la maison Cahun et fils

(Faux-cols, manchettes et plastrons mobiles, Rue du Sentier, à Paris. Succursales à Londres et à Hambourg). Saisi par le froid humide de cette soirée d'hiver, ayant relevé le collet de son mince paletot et mis les mains dans ses poches, il se hâtait, avec l'adresse du Parisien, à travers la cohue, lorsqu'il entendit les deux aboyeurs.

« Demandez la liste officielle et complète des numéros gagnants de la *Loterie Internationale*... Demandez le tirage du gros lot de cinq cent mille francs... Dix centimes. »

« Ah ! bah ! se dit le jeune homme, ils se sont donc enfin décidés à le tirer, ce fameux gros lot... Ce n'est pas malheureux. Depuis trois ans que ça traîne... Mais, au fait, j'ai un billet. »

Il chercha du regard un des hurleurs, eut envie d'acheter le papier. Mais il ne lui restait qu'une pièce de quarante sous. On était le trente novembre ; et, le lendemain matin seulement, Albéric Mesnard devait toucher ses appointements, les cent cinquante francs par mois qu'il gagnait chez Cahun et fils, comme employé à la correspondance. Quarante sous ! Il lui fallait, avec ces quarante sous, payer son dîner à sa gargote. Albéric ne voulut pas changer sa pièce blanche.

Demain matin, tous les journaux donneront la liste des numéros gagnants, et il sera toujours temps de m'assurer que le demi-million n'est pas pour mon fichu nez... Et puis je ne me rappelle même plus où j'ai fourré mon billet. »

En ce moment, un garçon pâtissier en veste blanche, qui le heurta de sa manne d'osier, faillit lui verser sur la tête toute la crème d'un saint-honoré et toute la sauce d'une timbale aux crevettes, puis, après l'abordage, s'éloigna en traitant le

passant malencontreux de « fourneau » et de « propre à rien ». Distrait par l'accident et ne songeant déjà plus à son billet de loterie, Albéric continua son chemin sur le trottoir du Faubourg des Écrasés, se glissant à travers la presse, donnant et recevant des coups de coude.

Il n'est pas de solitude plus complète que celle d'un homme au milieu de la foule ; mieux que dans l'absolu silence, la pensée fonctionne et la mémoire s'éveille parmi l'assourdissant et continu brouhaha de la rue. Tout en remontant vers Montmartre, Albéric, qui doublait le pas dans le brouillard intense et serrait de près, machinalement, les boutiques flamboyantes, revécut alors par le souvenir, pour la centième fois peut-être, sa jeunesse douloureuse, son passé de misère.

Non, décidément, sa bonne femme de mère avait eu bien tort de solliciter et d'obtenir pour lui cette bourse dans un lycée, de le faire bourrer, dès l'enfance, de latin et d'idéal.

Elle était pourtant payée, la pauvre créature, pour savoir ce qu'en vaut l'aune, des existences d'artistes, des carrières libérales. Quand elle avait épousé le peintre de natures mortes Mesnard, — celui qui a peint tant de douzaines d'huîtres, avec le citron coupé en deux et le couteau de l'écaillère à côté de l'assiette, — le petit ménage avait presque de quoi vivre. Sans contredit, Mesnard était le Raphaël des huîtres. Ses « marennes » surtout, si humides, si baveuses, avec un ton vert-cadavre si juste, — il leur devait sa troisième médaille, — se vendaient bien et facilement. Pendant les mois qui ont un *r*, on mangeait tous les jours une douzaine de marennes à déjeuner chez les Mesnard. Seulement, elles n'étaient jamais très fraîches, parce qu'on les avait ouvertes dès le matin et qu'elles avaient posé avant d'être mises sur la table. Le peintre se nourrissait de ses modèles. Mais l'été les affaires allaient moins bien. Plus d'huîtres ! Pendant les mois qui n'ont

tant que les « marennes » de Mesnard furent à la mode. Mais, au salon de 1861, Rousselot, son émule, exposa sa « Douzaine d'ostendes », le tableau pour lequel il a été décoré, et les amateurs ne voulurent plus, désormais, entendre par-

CELUI QUI A PEINT...

pas d'r, Mesnard avait bien essayé de peindre des écrevisses. Mais ce n'était plus ça. Il n'avait pas attrapé le tour de main. Artistes, critiques d'art et marchands de tableaux furent unanimes dans leur verdict : « De premier ordre devant les mollusques, inférieur devant les crustacés. » Cependant on vivota

ler que des ostendes. Le succès de Rousselot devait, sans doute, être éphémère, car cinq ans plus tard Piégealoup lui arrachait le sceptre de la nature morte avec sa fameuse « Douzaine de cancales » qui a failli lui faire décrocher la médaille d'honneur. Mais l'infortuné Mesnard n'eut même pas l'amère consolation d'assister à la ruine de son rival et de voir les cancales succéder aux ostendes, comme les ostendes avaient jadis détrôné les marennes. A la veille du triomphe de Piégealoup, le père d'Albéric mourut plus encore de chagrin que de privations.

Les camarades donnèrent des esquisses, organisèrent une vente au profit de la veuve. La Direction des Beaux-Arts accorda un secours annuel, une espèce de pension, et l'orphelin entra comme boursier au lycée Louis-le-Grand. Grâce à cet effort de charité en sa faveur, la mère Mesnard ne fut pas réduite à « faire des ménages » et put vivre, — de presque rien ! — dans un petit logement au cinquième, à Montmartre, tranquillement acoquinée sur sa chaufferette et tricotant des bas de laine pour son collégien.

Albéric faisait de bonnes études, mordait aux vers latins, et il fut tout particulièrement félicité par son professeur de seconde pour une traduction du *Rhin allemand* d'Alfred de Musset, qui commençait en ces termes :

Noster et ille fuit, tuus, o Germania, Rhenus !
Hunc scyphus inclusit noster...

Satisfaction suprême ! la maman Mesnard rendit le dernier soupir dans les bras d'un bachelier ès lettres.

Bachelier ! Ah ! cela lui faisait une belle jambe, au jeune Albéric, d'être bachelier ! Précisément le jour où il avait traduit à livre ouvert, en pleine Sorbonne, un morceau de je ne sais plus quel mystificateur de l'antiquité sur le mépris des richesses, il avait attrapé un rhume parce que ses chaussures prenaient l'eau et qu'il n'avait pas de quoi s'en acheter de neuves. Bachelier ! Ah ! oui, cela lui avait été joliment utile et

salutaire de lire les philosophes, les poètes, tous les marchands de mélancolie et de vague à l'âme. Que n'avait-on fait de lui un ouvrier quelconque, — menuisier ou zingueur, — un plébéien tout simple, avec des appétits faciles à contenter, dormant toutes les nuits du bon sommeil de la fatigue physique, n'ayant que des espérances prochaines et toujours réalisées, comme celle du vin bleu, par exemple, qu'on se fera verser sur le comptoir, après la journée faite ? Parole d'honneur ! il les enviait, les maçons qui blanchissaient de plâtre son habit, en le coudoyant dans la foule. Ils avaient le dédain du qu'en dira-t-on, ceux-là, ils possédaient la précieuse insouciance. Tandis que, pour lui, c'était la misère en redingote trop mûre et en bottines à talons tournés, la misère orgueilleuse qui rogne le fromage ou le dessert de son dîner à la crémerie pour laisser deux sous au garçon ; c'était le double souci de l'homme que sa pensée tourmente et qui est à peu près incapable de gagner sa vie, les piteuses et ridicules angoisses du malheureux qui peut se demander, dans la même minute, si son âme est immortelle et comment il paiera la note de sa blanchisseuse.

Et pas d'espoir de sortir de là ! Car Albéric se connaissait. Il avait **peu d'énergie, peu d'initiative**, et son courage n'était guère fait que de résignation. Voilà six ans qu'il était entré comme employé chez Cahun et fils et qu'il y gagnait son pain, — oh ! du pain sec, sans confitures ; — et bien que son métier lui déplût, qu'il n'eût aucun goût pour le commerce, qu'il comprît parfaitement que sa position était sans avenir, il restait là quand même, il ne faisait rien pour s'échapper de ce cul-de-sac.

A l'enterrement de sa mère, derrière le

corbillard de l'avant-dernière classe qu'il suivait en sanglotant, maigre potache de dix-huit ans en pantalon trop court, Albéric était accompagné de son tuteur, un camarade du père Mesnard, un peintre nommé Vertbois, ancien « prix de Rome » sans talent et sans intrigue, ayant raté son affaire, qui végétait en attrapant, par-ci par-là, une commande du gouvernement. Justement, à cette époque-là, il était en train de peindre, pour une salle de la Cour des comptes, cette allégorie d'un intérêt palpitant : *La Comptabilité publique découvrant une erreur.*

Après la funèbre cérémonie, le bonhomme Vertbois avait emmené l'orphelin dans son atelier et, paternellement, s'était informé de ses projets. Son proviseur lui proposait bien de rester comme pion au lycée et d'y préparer sa licence. Mais c'était bien dur. Or, le père Vertbois connaissait assez intimement les Cahun, ces richissimes chemisiers dont le nom a été popularisé par la fameuse affiche où deux élégants sont représentés, échangeant ce bout de conversation : « *Comment fais-tu donc, vicomte, pour avoir toujours du linge si éclatant ? — C'est bien simple, baron, j'emploie les plastrons mobiles de Cahun et fils, et je n'ai besoin de changer de chemise que tous les quinze jours.* » — Toute cette tribu des Cahun, d'abord le vieil Abraham Cahun, le patriarche, le grand homme, l'inventeur du plastron mobile, puis ses fils, filles, gendres et brus, avaient été pourtraicturés par l'ancien « prix de Rome », et son pinceau, sec et exact, avait fixé sur la toile, dans des cadres dont la dorure éclatante faisait mal aux yeux, tous ces juifs aux becs de gypaètes et aux barbes de satrapes, toutes ces juives aux yeux de

tireuses de cartes et couvertes d'énormes bijoux. A tout hasard, le père Vertbois avait parlé d'Albéric à Cahun et fils.

— Si tu veux, mon garçon, dit le tuteur à son pupille, tu peux toujours entrer là, en attendant mieux.

Et, « en attendant mieux », Albéric était là depuis six longues années, et il y était fort mal. Les Cahun, sémites impitoyables, appliquaient sévèrement le principe, cher à tous les patrons : « Exiger beaucoup de travail, donner le moins de salaire possible ». Ils avaient d'ailleurs jugé tout de suite Albéric, jeune homme timide, acceptant aisément la discipline, arrivant à l'heure dite à son bureau, écrivant sans murmurer cinquante lettres par jour, qui commençaient toutes par ces mots : « En réponse à votre honorée du... » mais sans génie commercial, sans *goût*, indifférent à la baisse et à la hausse des calicots, se désintéressant des idées générales qui dominent la grave question du faux-col. Sur le grand théâtre de la chemiserie européenne, ce garçon-là ne serait jamais qu'un comparse, qu'une « utilité ». Aussi, à vingt-quatre ans, après six ans passés devant la collection des registres reliés en drap vert et garnis de coins en cuivre de la maison Cahun et fils, Albéric n'était parvenu qu'au chétif traitement de dix-huit cents francs par an. Encore était-il bien heureux que ses patrons ignorassent son penchant à la rêverie, ses petits plaisirs de flâneur. Qu'auraient pensé Cahun et fils, s'il vous plaît, qu'auraient dit ces gens si férocement pratiques, s'ils avaient su que leur employé, après sa besogne finie, aimait à s'attarder devant les couchers de soleil, à se promener jusqu'à minuit dans les quartiers déserts, par les nuits d'étoiles ; qu'il entr'ouvrait même quel-

Les vrais riches

DANS LES QUARTIERS DÉSERTS...

quefois, devant l'étalage des libraires, les volumes de poésies, et que, souvent, il s'était privé d'un cigare pour acheter un bouquet de violettes ?

Six ans, grand Dieu ! Les six plus belles années de sa jeunesse ! Dans cette atmosphère d'ennui ! Dans cette triviale pauvreté !

Cependant, ayant remonté le faubourg Montmartre et la rue des Martyrs, Albéric atteignit le boulevard Pigalle où, dans le brouillard toujours plus opaque, la corne d'un tramway gémissait lugubrement, et se dirigea vers le misérable restaurant à bas prix, situé à l'angle de la rue Germain-Pilon, dans lequel il avait l'habitude de prendre son repas du soir. Combien de fois avait-il tourné le bec-de-cane de cette porte, ayant grand faim, — il était à l'âge du bon appétit, — mais dégoûté, dès l'entrée, par l'odeur graillonneuse de l'établissement !

Il souleva son chapeau en passant devant le comptoir, où trônait la patronne, une grosse femme à la face grêlée et ressemblant à Mirabeau, qui lui adressa un sourire d'ogresse, et il chercha une place vide.

Il n'en restait qu'une, près de la porte de la cuisine, tout au fond du local, sorte de couloir qui eût été excellent pour un tir au pistolet, et où l'on avait établi une double série de petites tables à deux couverts se faisant vis-à-vis, tout à fait inconfortables, et dont trois gros papillons de gaz, flambant en liberté, éclairaient les nappes, tachées de sauces et de vin. Là, une trentaine de pauvres hères, qu'Albéric connaissait tous de vue, plus ou moins, pour les rencontrer à l'heure de la pitance, mangeaient gloutonnement, le nez dans leur assiette, et près d'eux, aux patères de la muraille, leurs tristes chapeaux et leurs pardessus navrants, conservant des formes humaines, donnaient la sensation lugubre d'une file de pendus, qui, s'ils n'avaient pas encore perdu toute connaissance, devaient s'étonner, à coup sûr, de voir dévorer avec tant d'avidité des fricots si peu appétissants.

Albéric se glissa, non sans peine, dans l'étroit espace ménagé entre les deux séries de tables, et, quand il se fut assis devant le couvert resté libre, le restaurant, qui offrait quelque analogie avec un omnibus, fut complet.

— Bonsoir, mon cher monsieur Mesnard, dit, en lui tendant la main, le consommateur déjà installé à la petite table et appuyé contre l'huilier, comme sur un pupitre.

Et il ajouta, sans transition :

» Eh bien ! vous avez vu, dans le compte rendu de la séance ?... Voilà les opportunistes qui vont encore lâcher les principes... C'est scandaleux, positivement.

Tout en posant sur la patère son chapeau et son paletot et en ajoutant un pendu à tous ceux qui attristaient déjà les murailles, Albéric avait frémi. Il allait avoir pour vis-à-vis, pendant son misérable dîner, un des pires ennuyeux de sa connaissance, un « raseur » qu'il fuyait avec soin, mais que, ce soir-là, son mauvais sort ne lui permettait pas d'éviter.

M. Mataboul, un brun du Midi, velu comme un ours, avec de la barbe jusque dans les yeux, exerçait la profession de courtier en vins, mais la politique l'absorbait et nuisait à ses affaires. En route dès le matin, chargé d'une serviette d'avocat qui ne contenait aucun dossier, mais bien quelques fioles d'échantillon, il allait chez les « mannezingues » proposer son « petit chablis pour les huîtres », ou son

thorins, quelque chose de bon, de natu-
rel ». Mais, préoccupé par les questions
de gouvernement et de tactique parlementaire, c'était tout au plus s'il plaçait
une barrique de temps en temps, et les
marchands de vin se débarrassaient de lui
en le mettant sur son dada et en flattant

core une conversion de la rente, et c'est
la faillite à brève échéance ! » ou sur cette
inquiétante prophétie : « Si ça continue,
nous n'aurons plus de marine. »

Résigné à subir le terrible bavard,
Albéric fit signe à la hideuse servante de
la gargote, qui avait mal aux dents et

SON PETIT CHABLIS...

sa manie. Oubliant qu'il était venu pour
écouler une pièce de prétendu saint-
émilion ou quelques paniers de faux
moulin-à-vent, M. Mataboul parlait, s'é-
chauffait, et, sans avoir reçu aucune
commande, s'en allait enchanté, et quittait son client sur cette menace : « En-

dont la joue était enveloppée d'un gros
paquet d'ouate, et commanda un très
chétif repas, — potage, pain, navarin
aux pommes, brie, carafon. — Puis il
mangea ces pitoyables aliments par pure
nécessité, pour se nourrir, tout en adressant quelques monosyllabes de poli-

FIT SIGNE A LA HIDEUSE SERVANTE...

tesse au fougueux M. Mataboul, qui s'indignait de la coalition de la gauche républicaine avec les gens de la droite et qui voulait savoir dans quel intérêt — voyons, je vous le demande ! — la France s'obstinait à conserver un ambassadeur auprès du Vatican.

L'employé de Cahun et fils, assez froid en matière politique et qui eût admis sans difficulté que M. Clémenceau devînt l'ami intime de M. Paul de Cassagnac et que la République envoyât un plénipotentiaire au Grand-Lama, pourvu que le bouillon du restaurant fût moins fade et le vin moins aigre, put enfin demander ce qu'il devait à la servante fluxionnée, qui lui répondit d'une voix douloureuse et comme parlant dans un rêve :

— Deux de pain, cinq de potage, huit de plat du jour, trois de brie et six de carafon... Ça fait un franc vingt.

Alors, ayant reçu, sur sa pièce de deux francs, seize sous de monnaie, il en donna deux à la bonne comme pourboire ; et il se levait, heureux d'échapper enfin aux phrases de premier-Paris et à l'accent carcassonnais de M. Mataboul, quand celui-ci, quittant à son tour la table et assujettissant sous son bras sa serviette aux échantillons, s'écria d'un ton cordial :

— Vous savez, ce soir, monsieur Mesnard, c'est moi qui offre le café... C'est mon tour.

C'était son tour, en effet. Quelques jours auparavant, Albéric avait eu l'imprudence de lui payer un mazagran. La première pensée du jeune homme fut de se dérober à la politesse de l'ennuyeux méridional. Mais quoi ? Que faire de la soirée ? Là-haut, dans sa petite chambre de la rue Ravignan, il n'avait plus de coke pour se chauffer, et l'on ne pouvait vraiment pas se mettre au lit à huit heures. Il se laissa entraîner. Au prochain bureau de tabac, il alluma un cigare de dix centimes, en offrit un à son compagnon, suivit M. Mataboul dans un funèbre café d'habitués du boulevard Rochechouart ; et là, jusqu'à neuf heures, devant sa demi-tasse vide depuis longtemps, hypnotisé par l'ennui, n'ayant même plus l'énergie de prendre congé, il eut dans les oreilles le bourdonnement du courtier en vins, qui dénonçait avec virulence la dilapidation des deniers publics dans les chemins de fer électoraux et accusait formellement M. Jules Ferry de la dernière épidémie de choléra.

Encore un inconvénient de sa vie de pauvre, au triste Albéric, que cette promiscuité du restaurant et de l'estaminet, qui faisait de lui la proie du premier venu, qui lui imposait des compagnies fâcheuses et ridicules. Combien n'en avait-il pas connu déjà, de ratés et de grotesques ! Que de paradoxes bêtes, de sottises violentes, de harangues mauvaises et suant l'envie, n'avait-il pas entendu déclamer devant le fromage et les « mendiants » du dessert, à la gargote, ou devant les colonnes trajanes de soucoupes, à la brasserie ! Que de temps il avait perdu à écouter les théories d'art de Gabarel et de Planchu, les deux paysagistes à feutres immenses, dont l'un voyait la nature couleur lie de vin, et l'autre, couleur jaune d'omelette ! Que de fois Mastock, l'orateur de réunions publiques, avec son éternel gibus, sa barbe de prison et ses ongles en deuil, n'avait-il pas résolu, au café de la Nouvelle-Athènes, en présence d'Albéric et de deux ou trois autres buveurs de bocks, toutes les difficultés de la question sociale, et maudit l'infâme capital pendant une heure d'horloge, sans souffler ni s'interrompre, sauf quand il réclamait du garçon un fil de fer pour déboucher le tuyau de sa pipe !

Le jeune homme se rappelait tant de soirées mal employées, tant d'imbéciles écoutés et subis, pendant que M. Mataboul, qui était en verve, condamnait sans appel la politique coloniale et proposait d'enrôler de force, dans un batail-

tels derrière le format grand in-folio de cet estimable journal.

Dehors, le brouillard était devenu encore plus épais et sentait la suie ; les becs de gaz n'y jetaient que des halos de lumière jaunâtre et confuse.

« Brrr ! quel temps ! » dit Albéric avec un frisson.

Il traversa le boulevard à l'aveuglette,

DISPARUT AUX REGARDS...

lon de tirailleurs annamites, monseigneur l'évêque d'Angers qui venait de voter, avec la majorité, les millions pour le Tonkin. En vérité, le méridional devenait par trop assommant. Malgré la perspective peu engageante de rentrer de si bonne heure dans sa chambre sans feu, Albéric rompit l'entretien sous prétexte de migraine et laissa seul M. Mataboul, lequel, se plongeant dans la lecture du *Temps*, disparut aux regards des mor-

regagna sa maison par les ruelles montueuses, grimpa ses cinq étages. Mais, au moment de mettre la clef dans la serrure, il entendit, dans la chambre à côté de la sienne, le crépitement sec et régulier d'une machine à coudre.

« Tiens ! pensa-t-il, si j'entrais dire un petit bonsoir aux voisines... Elle n'est pas bien récréative non plus, la maman Bouquet. Mais cette pauvre petite Zoé est si intéressante. »

Il sonna. Le bruit de la machine s'interrompit brusquement, et, tout de suite, une jeune fille, un peu trop petite, mais si mignonne, si bien prise dans sa robe sombre, vint ouvrir, une lampe de pétrole à la main.

— Ce n'est que moi, mademoiselle

LES RUELLES MONTUEUSES...

Zoé, dit Albéric presque gaiement. Comment se porte madame votre mère, par le vilain temps qu'il fait ?

A la vue du jeune homme, le visage de mademoiselle Zoé s'éclaira d'un heureux sourire. Elle n'était peut-être pas très jolie, mademoiselle Zoé. Le teint bien pâle, la bouche trop grande. Mais

quels yeux sincères ! Quel air de douceur et de bonté !

— Merci, merci bien, monsieur Mesnard, répondit-elle à la question du jeune homme. Maman ne va pas trop mal !... Mais entrez donc, je vous prie, elle sera charmée de vous voir.

Et elle introduisit Albéric dans une toute petite salle à manger, qui était aussi, entre nous soit dit, le salon de réception et le boudoir de ces dames; car, avec une seule chambre à coucher, grande comme rien du tout, elle constituait tout l'appartement.

Cette pièce minuscule, mais tenue avec une extrême propreté, était encombrée par un volumineux fauteuil, commodément installé auprès du poêle et dans lequel trônait, avec une dignité vraiment royale, une dame en noir, d'une cinquantaine d'années, qui avait dû jadis être fort belle, mais qui ne devait pas être commode tous les jours, comme disent les bonnes gens, et qui semblait accoutumée aux hommages. Le visiteur s'inclina respectueusement devant elle, mais la figure de la pame ne se dérida pas pour si peu, et elle répondit au profond salut d'Albéric par le simple geste de la main qu'une souveraine adresse au passage à quelque courtisan sans importance.

En vérité, elle tenait trop de place, la vieille dame, si solennelle sous son bonnet de veuve, si tranquillement assise dans sa grande cathèdre. Elle avait une façon de croiser ses belles mains oisives sur sa jupe bien étalée, une façon de présenter à la bouche du poêle ses pieds finement chaussés et reposant sur un tabouret, enfin quelque chose dans toute sa personne de paisible et d'égoïste qui signifiait clairement: « Vous savez... Tout m'est dû. » Oui, elle tenait trop de place, je vous assure, et c'était une sensation pénible de voir combien était perdue, dans l'ombre de cette dame imposante, sa fille unique, la petite mademoiselle Zoé, qui s'était remise sans retard à la besogne sur sa petite chaise, devant sa petite machine à coudre, remuant du pied droit la pédale, et de ses deux mains actives faisant glisser l'étoffe sous les coups précipités de l'aiguille mécanique.

Mais il faut tout dire. Autrefois, la vieille dame avait été ce qu'on appelle une « beauté ». C'était même pour cela que feu Bouquet, qui était caissier dans un grand magasin de nouveautés, l'avait épousée sans dot ; pour cela que, toute sa vie, elle s'était refusée à gâter ses belles mains dans les soins du ménage ; pour cela que son mari avait travaillé plus qu'un nègre sans faire les moindres économies. Le moyen, je vous le demande, de ne pas entourer d'un peu de luxe une « beauté » qu'on adore ; le moyen de lui refuser un plaisir, un bijou, une parure ? L'imprudent et trop sentimental caissier, surpris par la mort, avait laissé sa veuve sans ressources, juste au moment où leur fille, que la « beauté » avait habillée de robes courtes jusqu'à dix-huit ans, devenait une grande personne. L'élégant mobilier qui naguère avait servi de cadre à la « beauté », les diamants dont elle se parait, le piano d'Érard sur lequel elle aimait à promener ses mains paresseuses, furent vendus ; et cela produisit quelques billets de mille francs, qu'on grignotait

tout doucement, là-haut, à Montmartre, Mais, si cette suprême réserve n'était pas encore épuisée, c'était parce que Zoé, qui avait sans doute dans les veines le sang de son laborieux père, avait compris la gravité de la situation, acheté une « silencieuse », et travaillait de ses dix doigts tout en se faisant la servante de sa mère et en l'entourant des soins les plus délicats. Habituée à ce qu'on se sacrifiât pour elle, madame Bouquet accepta ce dévouement et en profita sans inutile dépense de sensibilité. L'altière et vaniteuse personne adopta, pour son compte, le rôle de vieille « beauté » tombée dans le malheur et le supportant avec le plus mâle courage. Zoé pouvait bien veiller devant sa machine à coudre jusqu'à deux heures du matin, n'est-ce pas ? puisque sa mère, au moment de la ruine, avait poussé la résignation jusqu'à renoncer aux chemises de soie et à congédier la manucure. D'ailleurs, Zoé était bien de cet avis ; elle était touchée jusqu'aux larmes de la force de caractère déployée par sa mère, et quand, le matin, elle lui boutonnait ses bottines et que la veuve lui en rendait grâce avec la hautaine douceur de Marie-Antoinette à la Conciergerie remerciant le gendarme de service d'avoir éteint sa pipe, le cœur de la jeune fille était pénétré d'admiration, de pitié et de reconnaissance.

Albéric, le seul habitant de la maison avec qui ces dames eussent quelques relations, avait souvent l'honneur d'être pris par madame Bouquet comme confident et témoin de sa grandeur d'âme en face des revers. Une telle confiance le flattait sans doute ; mais nous n'oserions jurer que les francs et doux yeux de mademoiselle Zoé ne fussent pas aussi pour quelque chose dans les apparitions assez fréquentes qu'il faisait chez ses voisines

— Monsieur Mesnard, dit la vieille « beauté » quand le jeune homme eut pris séance, vous êtes bien aimable de venir nous voir. Dans des temps meilleurs, je vous aurais offert une tasse de noise, car on ne peut se fier aux domestiques... Mais, aujourd'hui, nous ne nous permettons plus cet humble luxe... Zoé, qui m'entend tousser la nuit, me défend de supprimer de mon régime le lait de poule

thé... Jadis, du vivant de mon mari, quand nous avions dîné à la maison, le thé était toujours servi à dix heures et je ne supportais que le thé de la Caravane. Monsieur Bouquet était même forcé d'aller l'acheter lui-même, à la Porte-Chinoise. qu'elle m'apporte tous les soirs dans mon lit... Elle a tort. Je suis prête à toutes les privations, j'en ai maintenant l'habitude.

Zoé, assise auprès de la veuve, leva vers Albéric un regard mouillé qui voulait dire : « N'est-ce pas que ma mère est admirable ? » tandis que la machine, allant toujours son train : tic, tic, tic, tic, tic, tic, était sans doute occupée à gagner le prix des œufs, du sucre et de la fleur d'oranger, éléments constitutifs de ce lait de poule déclaré par madame Bouquet inutile et surérogatoire.

— Mademoiselle Zoé a bien raison de prendre soin de vous, madame, dit alors Albéric, et c'est pour vous une grande consolation d'être si tendrement aimée.

— Sans doute, sans doute, répondit assez sèchement la vieille dame, en toisant Albéric avec autant de dignité que si elle avait été une duchesse douairière prisonnière pendant la Terreur, et, lui, un geôlier en carmagnole et en bonnet à queue de renard faisant l'appel des condamnés. Sans doute, Zoé est une excellente fille et comprend parfaitement notre position et ses devoirs... Mais je me reproche d'avoir fait tout à l'heure allusion à notre pauvreté. Je le dis souvent à ma fille, les plaintes sont indignes d'une âme fière et ne réparent r en, d'ailleurs. Ainsi, nous faisons usage de cette huile de pétrole, dont l'odeur m'est odieuse. A quoi cela m'avancerait-il de regretter les deux magnifiques carcels qui éclairèrent autrefois mon petit salon ? Le silence, c'est la beauté du malheur.

« Tic, tic, tic, tic, tic, » répétait toujours, pendant ce temps-là, la machine à coudre, sans laquelle il n'y aurait probablement pas eu de pétrole dans la lampe ; et les yeux de Zoé, se levant vers Albéric, brillaient toujours d'enthousiasme pour le stoïcisme maternel.

En vain le jeune homme, agacé par l'égoïsme prétentieux de la vieille « beauté », voulut changer de conversation. Toujours, par quelque habile détour, madame Bouquet revenait au seul sujet qui l'intéressât : son courage dans l'adversité. Par exemple, à propos du mauvais temps, elle déclara que la chaleur du poêle lui donnait d'atroces migraines, et qu'à une époque plus heureuse elle n'aurait admis que le feu de bois dans une cheminée; mais elle ajouta qu'elle avait le cœur trop haut placé pour s'abandonner à la moindre récrimination contre un système de chauffage assez économique, soit, mais qui, dans un bref délai, devait infailliblement la conduire au tombeau.

Tout en l'écoutant, ou plutôt en ayant l'air d'écouter madame Bouquet faire son propre éloge, Albéric coulait parfois un regard vers mademoiselle Zoé. Au fond, c'était là le but de sa visite. Depuis quelque temps, il n'y avait pas que la machine à coudre qui palpitât dans le pauvre logis, et les deux cœurs d'Albéric et de Zoé s'étaient mis, eux aussi, à battre très fort et très vite. Mais l'amour ! le mariage ! voilà du luxe, ou je ne m'y connais pas. Zoé, du reste, ne s'était-elle pas consacrée tout entière à sa mère, et quant au pauvre diable d'employé de la maison Cahun et fils qui ne gagnait qu'un salaire insuffisant pour lui, pouvait-il songer à épouser une fille pauvre et ayant des charges, à marier la faim et la soif ? Allons ! c'était une folie !

Cependant dix heures sonnèrent au cartel Louis XVI, dernier vestige des splendeurs du mobilier d'autrefois et Albéric se leva pour prendre congé. La solennelle madame Bouquet accepta ses adieux avec à peu près autant de cordialité qu'un président d'assises invitant un témoin à aller s'asseoir après sa déposition ; mais il fut reconduit par mademoiselle Zoé jusqu'au seuil et reçut d'elle un joli sourire, un peu mélancolique qui aurait pu se traduire ainsi :

« Vous ne me déplaisez pas du tout,

monsieur notre voisin, et je m'aperçois fort bien que je suis de votre goût. Mais que voulez-vous ? ce n'est pas possible. »

Hélas ! les sentiments des trop pauvres gens sont pareils aux boutons de rose de novembre ; ils avortent et n'ont pas la force de s'ouvrir.

Rentré dans sa chambre où régnait une température groënlandaise, Albéric s'introduisit en toute hâte entre ses draps glacés et eut alors un moment de désespoir véritable. Jamais, autant que dans cette soirée, il n'avait souffert de son écœurante et banale misère. Mais il était à l'âge heureux où le besoin de sommeil est plus fort que tous les soucis, et il ne pouvait comprendre encore toute la beauté du fameux vers de Saurin, qui se trouve dans la tragédie de *Spartacus* :

Ah ! que la nuit est longue à la douleur qui veille !

Après avoir adressé à son oreiller quelques malédictions contre les destins, il s'endormit donc profondément.

Le lendemain matin, quand il se réveilla, vers sept heures, — les bureaux ouvraient à huit heures, rue du Sentier — il vit que le brouillard s'était levé pendant la nuit et que le ciel était pur. Bien qu'il fît très froid et que l'eau fût gelée dans la cuvette, le jeune homme s'habilla promptement, dégringola ses cinq étages, dépensa huit sous, sur les dix sous qui lui restaient, pour prendre une tasse de café au lait dans une crémerie, et, comme il devait toucher ses appointements dès son arrivée chez Cahun et fils, il acheta un cigare avec sa dernière pièce de dix centimes.

Mais, sur le trottoir de la rue Bréda, un homme en casquette et en gilet de tricot percé aux coudes, un vieil homme à figure d'ouvrier honnête, se mit à mar-

cher à côté d'Albéric, lui tendant sa main calleuse — une main qui avait travaillé — et murmurant d'une voix basse et gênée :

« Pas d'ouvrage... Rien mangé depuis hier matin... La charité, s'il vous plaît. »

Et Albéric fut forcé de hâter le pas, jetant par mégarde une bouffée de fumée au visage du vieux mendiant, ayant l'air de l'égoïste qui refuse l'aumône pour ne pas retirer ses mains chaudes du fond de ses poches ; et il éprouva le plus cruel des crève-cœur, celui du pauvre qui ne peut rien pour un plus pauvre.

En arrivant à son bureau, encore tout attristé de cet incident, il se présenta d'abord à la caisse.

— Eh bien ! Mesnard, lui dit le vieux caissier juif en lui réglant son compte et en lui donnant un billet de cent francs et cinquante francs en or, eh bien, ils ont donc fini par s'exécuter, les farceurs de la *Loterie Internationale !* ... Le voilà donc tiré, le fameux gros lot !... Hier soir, les grands boulevards n'étaient pas tenables. Les hurleurs vous assourdissaient... Dire que j'ai été assez jobard pour prendre cinq billets... Cent sous de flambés...

— Moi, monsieur Schwab, répondit Albéric, qui n'avait plus songé à cette loterie depuis la veille, depuis le moment où il avait entendu les camelots crier au coin du faubourg Montmartre, moi, je n'aurai même pas la déception de ne point trouver mon numéro sur la liste... Je ne me rappelle plus où je l'ai mis.

Mais, comme il ouvrait son portefeuille pour y serrer le billet de banque qu'il venait de recevoir, il aperçut un papier quadrillé en bleu qui sortait un peu d'une des poches de cuir. Il prit le papier et le développa. C'était son billet de la *Loterie Internationale*.

— Ma foi, dit-il, j'ai parlé trop tôt...

car le voici, précisément... c'est le numéro 3.911.457.

— Alors, mon cher, reprit le caissier en passant la main à travers le guichet

vard, pour être bien sûr de ma déveine... Rien pour moi, pas même un des petits lots de mille francs.

Albéric ne put s'empêcher de sourire

de son grillage, permettez-moi de vous offrir le *Petit Journal* de ce matin, où vous trouverez la liste. Je suis certain qu'elle est sincère, car je l'ai collationnée avec celle qu'on m'a vendue hier sur le boule-

de cet excès de contrôle exercé par le vieux juif. Car, en toute circonstance, par habitude professionnelle sans doute, le père Schwab poussait son besoin d'exactitude jusqu'à la manie.

— Voyons ça tout de suite, s'écria le jeune homme en plaisantant. Mais, vous savez, moi, je suis très exigeant. C'est la forte somme qu'il me faut... ou rien.

Et, tenant d'une main le journal, de

l'autre son billet de loterie, il répéta d'un ton plus sérieux :

— Voyons ça.

Mais, tout à coup, son corps fut secoué comme par un hoquet, il pâlit affreuse-ment, écarquilla des yeux ronds et fixes et poussa un râle de surprise, **un bref et profond** soupir qui semblait sortir **du** fond de ses entrailles.

Le numéro du gros lot était le même que celui de son billet! C'était le numéro 3.911.457! Il avait gagné les cinq cent mille francs !

Alors, il ouvrit la bouche, il dit d'une voix rauque : « Moi !... moi !... » Puis le flot de sang de la congestion fit rouler un torrent dans ses oreilles, il chancela, recula de trois pas et s'assit, les genoux cassés, sur la banquette de velours placée en face de la caisse.

Le père Schwab s'élança hors de sa prison grillée, appelant au secours. Un garçon de bureau, plusieurs employés accoururent. On s'empressa autour d'Albéric. Mais il se leva brusquement, il agita son billet de loterie au-dessus de sa tête avec des gestes de fou, et, laissant enfin éclater le rire douloureux et les pleurs de l'attaque de nerfs, il **cria** de toutes ses forces :

— J'ai gagné le gros lot, les cinq cent mille francs !... J'ai gagné !...

Et si — au lieu de ces fa-méliques, qui tous avaient déjà dans la bouche la salive amère de l'envie — il s'était trouvé là un calme témoin, un observa-teur, il aurait frémi devant cet homme ivre de bonheur, et constaté, une fois de plus, combien l'extrême joie est, au fond, effrayante et sinistre.

II

MALADE

Si vous aimez la flânerie, vous avez dû surprendre quelquefois, fasciné, devant la vitrine de Véry, au Palais-Royal, ou dernière canicule. Il donne le frisson, n'est-il pas vrai ? le regard affamé dont ce pauvre diable enveloppe les caisses de primeurs, les grappes de perdrix et de cailles au fin plumage, les dindes obèses et marbrées de truffes. Avez-vous aussi parfois observé au passage la flamme de désir qui brille dans les yeux du rhétoricien à barbe naissante, con-

UN BOHÈME DU TROTTOIR...

devant celle de Potel et Chabot, rue Vivienne, un bohème du trottoir, un de ces lamentables errants du pavé de Paris, qui laissent s'attarder sur leurs épaules, jusqu'aux beaux soleils de juin, un vieux paletot à collet de fourrure rongée par les mites, et qui, par contre, quand décembre gèle les ruisseaux, grelottent sous une veste d'alpaga flétrie par la templant, derrière la glace d'une boutique de coiffeur, une belle dame en cire, très décolletée, qui tient sur son petit doigt, avec un geste maniéré et en regardant par-dessus son épaule, le lacet de son corset rose ?

C'était dans cet état de concupiscence qu'Abéric avait vécu jusqu'alors, comme un meurt-de-faim devant la devanture

d'une rôtisserie, comme un jeune fac-
tionnaire de l'armée turque regardant
par le trou de la serrure du harem. Et,
v'lan ! d'un coup, sans transition, voilà

cipiter dans le plaisir. A coup sûr, non.
il n'allait pas commencer par acheter
de la rente et vivre de son revenu,
comme un pleutre. Il avait d'abord à

qu'il était riche, qu'il allait avoir un
demi-million déposé à la Banque, que
toutes les douceurs, toutes les voluptés
de la vie s'offraient à lui. Son premier
mouvement, avouons-le, fut de se pré-

rattraper le temps perdu ; il voulait,
pendant quelque temps au moins, jouir
autant qu'il s'était privé, vivre comme
un nabab, sans compter, sans se refuser
aucune fantaisie, aucun caprice ; mordre

à même tous les fruits qui le tentaient, puiser à pleines mains dans son trésor.

« La vie me doit bien cela, songeait-il en sentant contre sa poitrine, dans son

UN INVENTEUR...

portefeuille, son triomphant billet de loterie ; je veux prendre la revanche de mes années de jeunesse et de misère, et je ne serai satisfait qu'après avoir exterminé une centaine de mille francs... Ensuite, nous verrons. Il m'en restera tou-

jours assez pour vivre à mon aise. »

Cependant, Albéric n'avait pas le cœur dur, et il se disait aussi :

« Je ferai du bien. »

Naturellement, dès qu'on sut qu'il avait gagné le gros lot et avant même qu'il ne l'eût touché, — car il y avait quelques formalités préalables, — il devint le lion du jour. Vingt reporters à carnet le surprirent au saut du lit dans sa misérable chambre de la rue Ravignan, décrivirent dans les journaux son logis et sa personne, et, pendant quarante-huit heures, il fut un prétexte à « copie », un sujet d'article. Et, tout de suite, la nuée épaisse des corbeaux parisiens s'abattit sur l'homme heureux.

Ils accoururent des quatre points cardinaux, tous les mendiants à domicile : l'Alsacien (ayant opté) qui ne peut tout à fait dissimuler son accent marseillais ; l'inventeur humble et râpé qui montre, en ôtant son chapeau, un crâne chauve et piriforme ; l'escroc plein de verve et d'effronterie. Il les reçut en grand nombre, les lettres criblées de fautes d'orthographe, cachetées avec de la mie de pain et gonflées de certificats déchirés et crasseux ; il les entendit, les voix suppliantes qui sentent l'absinthe. Son galetas fut encombré, pendant une heure, par la pelisse fourrée d'un chevalier d'industrie à grosse chaîne d'or, qui voulait lui faire prendre de force une part de fondateur dans une affaire infaillible, une entreprise de sondages maritimes pour repêcher le trésor de l'Armada ; et un respectable père de famille, dont l'haleine empoisonnait le cassis, le menaça de se brûler la cervelle séance tenante, s'il n'obtenait pas les deux cents francs que, dans une minute de délire, il avait soustraits de la caisse de son patron, pour donner du pain à ses cinq enfants en bas âge, dont deux jumeaux. Il n'y avait pas vingt-quatre heures que la bonne fortune d'Albéric était publiée, et déjà on lui avait offert, par correspondance, de s'intéresser à une jeune personne (vingt ans, très jolie, éducation distinguée), qui voyagerait volontiers avec un monsieur seul ; d'acheter un château entouré d'un parc de cent hectares, et d'assurer son salut éternel en participant avec quelque générosité à la reconstruction d'un édifice religieux.

Dégoûté par cet essaim d'affreuses mouches qui tourbillonnait autour de sa récente fortune comme autour d'une charogne, et voulant faire perdre sa piste à cette meute d'exploiteurs, Albéric résolut de quitter son logement sans retard.

— A tous ceux qui viendront me demander, dit-il le lendemain matin à son concierge, vous répondrez : « Parti sans laisser d'adresse, » et vous m'enverrez mes lettres à l'Hôtel Continental où je coucherai ce soir. Je garde ma chambre. Voici un an de loyer d'avance et cent francs pour vous... Allez me chercher une voiture et descendez mon bagage, pendant que je vais faire mes adieux à ces dames Bouquet.

Il y avait deux jours qu'il était riche, — Cahun et fils, en recevant sa démission s'étaient soudain montrés pleins d'égards et lui avaient avancé quelques mille francs ; — et, depuis ces deux jours, il avait souvent songé à ses voisines, qui, les premières, l'avaient félicité de sa

chance merveilleuse. Puisqu'il se proposait de faire des heureux, c'est par elles qu'il aurait voulu commencer. Mais comment ? Ces dames étaient fières. Il n'était pour elles qu'un voisin, à peine un ami. A quel titre aurait-il pu leur offrir un don ? Elles s'en fussent certainement offensées. C'était impossible.

Ainsi sa richesse lui donnait déjà deux regrets : celui d'avoir fait l'aumône à des indignes, — car il avait dû, quand même, jeter quelques poignées de louis à tous les mendiants importuns, — et celui d'être impuissant à secourir un malheur qui le touchait profondément.

Eh oui ! Tout en remontant, pour la dernière fois peut-être, l'escalier de cette maison où il avait si tristement et si pauvrement vécu ; oui, au moment de sonner chez ses voisines, Albéric sentit encore son cœur battre à coups précipités. Tic, tic, tic, tic, tic. C'était bien la même palpitation que celle de la « silencieuse » de mademoiselle Zoé. Sans doute, il avait un moyen — et bien facile — d'associer à son bonheur la jeune fille aux regards sincères. Il pouvait l'épouser, tout simplement, car il n'était plus embarrassé, à présent, pour payer les violons de la noce. Mais, quoi ? Se marier, comme cela, tout de suite ? Devenir un bourgeois rangé, fonder une dynastie de petits Mesnard, mettre sagement le capital de son gros lot dans des placements de tout repos, dans des valeurs de père de famille ? Voyons ! c'était par trop raisonnable, par trop médiocre. Et puis, il y avait la terrible madame Bouquet. Voilà une belle-mère qui justifierait les plaisanteries traditionnelles. Et jamais Zoé ne consentirait à se séparer de sa mère. Albéric avait froid dans le dos à la pensée qu'il faudrait vivre avec la vieille « beauté », qui, lorsqu'on annoncerait le dîner, se lèverait de son fauteuil avec autant de solennité que pour marcher à l'échafaud. Ah ! ma foi, non ! Cent fois non ! Il ne se commanderait pas son premier habit noir pour les beaux yeux de M. le maire et de M. le curé ! Auparavant, il voulait connaître un peu le goût de la vie, savoir ce que c'était que le plaisir, goûter de la fortune et de la liberté !

Hélas ! encore un détestable effet de l'argent. Il flétrissait dans sa fleur le premier sentiment de tendresse qui avait éclos dans le cœur d'Albéric ; il faisait déjà de lui un égoïste.

La visite du jeune homme aux dames Bouquet fut très courte. Il les surprit à table, déjeunant d'une côtelette de veau dont madame Bouquet mangeait la noix, comme de juste, et dont mademoiselle Zoé rongeait l'os, et il s'excusa d'abord de les déranger à cette heure matinale.

— Il venait prendre congé d'elles, dit-il. Oh ! pas définitivement, bien entendu, car il leur demandait la permission de venir, de temps en temps, prendre de leurs nouvelles et leur présenter ses hommages, mais seulement parce qu'il allait quitter la maison. Il emportait le meilleur souvenir de ses relations de bon voisinage avec elles, et les assurait — ici, sa voix devint hésitante et troublée — que, si jamais il pouvait leur être, en quoi que ce fût, agréable ou utile, elles pouvaient compter sur son amitié, sur son dévouement.

Mais, au milieu de cette offre de service faite avec une parfaite convenance, Albéric s'interrompit, soudainement intimidé par le regard de madame Bouquet.

« Sachez, monsieur, disait ce regard sévère, que vous êtes en présence d'une dame tombée dans le malheur, sans doute, mais d'une indomptable fierté. Apprenez que la mère d'une fille de vingt ans ne saurait accepter, sous quelque prétexte que ce soit, le moindre secours d'un jeune blanc-bec, qu'après tout elle connaît à peine ; et ne vous avisez pas de croire que votre fortune de hasard vous donne le droit de faire le généreux, c'est-à-dire l'impertinent, avec une femme du plus beau caractère, qui se laisserait mourir de faim plutôt que de contracter une dette de reconnaissance envers quiconque. »

Albéric, dont les intentions étaient pures, chercha bien un peu d'encouragement dans les yeux de mademoiselle Zoé ; mais celle-ci, médusée par sa mère, tint ses regards obstinément fixés sur son assiette. Si bien qu'après quelques minutes d'un entretien à la glace, le jeune homme, gêné, se sentant de trop et froissé en somme qu'on méconnût ainsi sa générosité, se retira brusquement.

« Au diable les pimbêches ! murmura-t-il en descendant l'escalier. Je ne retournerai pas chez elles de sitôt. »

Et, sautant dans un fiacre, sur lequel sa malle était déjà fixée et dont son concierge, tête nue, lui ouvrait respectueusement la portière, il se fit conduire à l'Hôtel Continental.

Bien qu'il eût mis ses habits des dimanches, on le reçut d'abord assez légèrement, à l'aspect de son mince bagage, et l'on prétendit le loger près des toits. Mais une pièce de vingt francs apprit au suisse à casquette galonnée qu'il ne fallait pas juger le nouveau venu sur l'apparence, et Albéric fut installé au second étage, dans un coquet appartement. Enfin, la valetaille fut pénétrée de déférence, quand le jeune voyageur, courant au téléphone, eut mandé près de lui quelques fournisseurs célèbres.

Ils accoururent, — le cordonnier très
mal chaussé, pour se conformer au proverbe, — le tailleur habillé comme quatre
sous, selon l'usage, — et le chemisier sale
comme un peigne. Mais c'étaient de
grands artistes, et, grâce à la magie de
cette parole : « Comptant... et d'avance,
si vous voulez », ils promirent à leur
client de l'habiller sans retard à la mode
d'après-demain, le suppliant de s'abandonner à leur génie.

Albéric leur donna carte blanche ; et
le tailleur, enthousiasmé, lui annonça un
certain veston « pour sortir le matin,
pour monter à cheval », quelque chose
de délicieux. Puis, par bonté d'âme et
pour déniaiser ce novice en matière d'élé-
gance, il l'avertit charitablement que ce
veston n'était possible que jusqu'à midi.
A midi un quart, si l'on sortait avec ce
vêtement spécial, on était déshonoré
tout bonnement. Pour les visites d'après-
midi, l'artiste illustre lui ferait une
jaquette, sa dernière création, à laquelle
il attribuait des vertus presque ortho-
pédiques, prétendant qu'elle donnerait
à un difforme les proportions de l'Anti-
noüs Bithynien et affirmant que ce
chef-d'œuvre avait permis à plusieurs
dandys de sa clientèle de conclure des
mariages magnifiques.

Avec le bottier seulement, Albéric eut
une petite contestation. Il fut assez imprudent pour déclarer qu'il ne voulait
pas de souliers à bouts pointus. Mais un
si noir chagrin se peignit sur le visage du
maître, il s'écria avec un accent si douloureux : « Comment ! monsieur, les
bouts pointus du prince de Galles ! » que
le jeune homme comprit qu'il venait de
manquer de tact et céda immédiatement.

Après une longue conversation avec
ces arbitres de la toilette, Albéric, resté
seul, se sentit tout honteux de son pauvre
« complet » de la *Belle Jardinière*, qui
naguère constituait pourtant l'honneur
de sa garde-robe, et il regretta d'être
condamné à le porter quelques jours
encore. Mais, avec la fortune, l'aplomb
lui était venu.

« Bah ! se disait-il, je ne suis pas,
après tout, plus mal vêtu qu'un touriste
anglais. »

C'était l'heure du dîner. Il entra, le
front hautain, dans la salle à manger
éblouissante de lumière électrique, mé-
prisa l'offre de la table d'hôte, se fit
servir à part. Aussitôt les laquais s'em-
pressèrent. On savait maintenant dans
l'hôtel à qui l'on avait affaire. S'inspirant
des conseils d'un garçon qui lui dicta son
menu avec une décision napoléonienne,
Albéric savoura un dîner exquis et l'ar-
rosa d'une bouteille de pontet-canet, que
le sommelier apporta dans son berceau
d'osier, avec autant de précautions et
de délicatesse que s'il se fût agi d'un enfant nouveau-né, venu avant terme, et
dont le moindre geste un peu brusque
aurait pu compromettre la frêle existence.

En prenant le café et en humant un
havane de choix, orné d'un anneau de
papier rouge sur lequel étaient imprimés
en or ces mots : « Pour la noblesse ! »,
— ce qui était assez flatteur, convenez-en
— Albéric s'avoua son inexpérience et sa
maladresse comme homme de plaisir. Il
était riche, — très bien ! — mais il ne
savait se commander ni un pantalon ni
un dîner. Il lui fallait un guide, un ami
pour l'introduire dans le monde où l'on
s'amuse, pour l'initier à sa nouvelle existence.

Où le chercher ? Eh ! parbleu ! n'avait-
il pas ses anciens camarades de lycée ?
Timide et fier parce qu'il était pauvre, il
les avait évités et perdus de vue depuis

longtemps. L'employé à dix-huit cents francs de Cahun et fils pouvait-il conserver des relations supportables avec des jeunes gens ayant tous ou presque tous le gousset bien garni ? Non ! c'eût été s'exposer à trop d'humiliations. Mais, maintenant, il était pareil à ces fils de famille, il pouvait vivre avec eux, sur le pied de l'égalité, et il en trouverait bien un qui aurait gardé de lui un bon souvenir et qui consentirait à faire son éducation.

Il en trouva dix, il en trouva vingt, et ce ne fut pas long. Il y avait cinq cent mille excellentes raisons pour qu'il fût accueilli cordialement par tous les « chers camarades », et le gagnant d'un gros lot n'est jamais une connaissance à dédaigner. Albéric en fut quitte pour offrir un déjeuner fastueux, avec truffes sous la serviette, où il y eut beaucoup de tutoiements et de scènes de reconnaissance. On évoqua les charmants souvenirs de collège, on se rappela les vers à soie qu'on élevait dans les pupitres, les cordons de soulier qu'on fumait en cachette. Ce fut tout à fait attendrissant. Albéric, poursuivant son idée, fut surtout bien aise de remettre la main sur le gros Georges Bordier, l'ancien cancre, devenu remisier à la Bourse et très répandu dans le monde du sport, ainsi que sur le petit Jules Sautelet, celui qui faisait jadis tant de « boucan » à la classe d'anglais, et qui, maintenant, un peu journaliste et collaborateur dans quelques librettos d'opérettes, fréquentait les coulisses des petits théâtres. Tout en se montrant fort gracieux pour les autres condisciples, qui tous avaient pris de la gravité et étaient mariés pour la plupart, Albéric se promit surtout de cultiver ces deux boulevardiers, restés frivoles et célibataires, afin qu'ils le guidassent dans cette vie parisienne où il allait se ruer avec l'ardeur et l'ignorance d'un rastaquouère péruvien ou chilien débarqué de la veille.

De leur côté, le gros Bordier et le petit Sautelet furent sensibles à la préférence du « cher camarade » et lui donnèrent sans retard une preuve de leur sympathie. A l'heure des petits verres, dans le nuage de fumée, quand les convives parlant tous à la fois, produisirent un vacarme comparable au coassement de cent grenouilles dans un marécage en plein soleil, le remisier prit Albéric par le bouton de sa jaquette, l'entraîna dans l'embrasure d'une fenêtre et l'adjura, dans son intérêt, de jeter vingt-cinq ou trente mille francs dans une affaire d'un avenir énorme, une société d'assurances contre les pertes au jeu, proposition que le nouveau capitaliste accueillit par un machiavélique : « Nous en reparlerons. » Quant au journaliste, il manifesta non moins sincèrement sa joie d'avoir retrouvé un vieux copain, en lui empruntant — oh ! jusqu'à demain ou après-demain, c'est-à-dire jusqu'à Pâques ou à la Trinité — la somme insignifiante de dix louis.

Sous de tels maîtres, Albéric fit des progrès rapides dans l'art de bien vivre. Un tapissier très fort — surtout dans l'art de grossir une note — lui meubla, dans une maison neuve de la rue de Châteaudun, un entresol qu'il capitonna de tentures si épaisses et de si profonds tapis, qu'on aurait pu croire que cet appartement avait été spécialement arrangé pour commettre un meurtre et pour étouffer les cris de la victime ; et Albéric l'encombra de tant de bibelots qu'il ne put bientôt y faire un geste sans trembler de casser une potiche. Il en orna les murailles de prétendus tableaux de maîtres, tout petits dans des cadres énormes, entre autres d'un faux Diaz, — un *Automne* qui donnait la sensation d'une sole au gratin, — et d'un faux Ziem — une *Venise* qui semblait peinte avec de la chartreuse et du curaçao. Il y installa plusieurs divinités de l'Inde, de la Chine et du Japon, aussi hideuses que peu authentiques, absolument comme s'il eût

quand il était indisposé, d'un œuf à la coque et d'une tasse de thé. Il eut même un valet de chambre dont les principales fonctions consistèrent à parcourir les journaux et à fumer les cigares de Monsieur, à prendre connaissance des lettres qui traînaient sur le bureau, et à exercer de grands ravages, grâce à ses culottes de peluche noire et à ses guêtres de drap

DANS SA VICTORIA...

appartenu à la race jaune et pratiqué le culte des idoles à vingt bras et à tête d'éléphant. Du reste, lancé tout de suite dans une existence de plaisir et vivant hors de chez lui, Albéric posséda un lit copié sur celui de madame de Pompadour, pour s'y coucher trop tard et y mal dormir, une bibliothèque pleine de volumes bien choisis et bien reliés pour ne jamais les lire, une salle à manger renaissance pour y déjeuner rarement,

café au lait, parmi les bonnes du voisinage.

Car Albéric, absorbé par son apprentissage de vie élégante, n'était presque jamais au logis. Dès le matin, il sautait dans sa victoria au mois et il allait prendre sa leçon d'équitation. Déjà, après quinze jours de courbature, il avait fait la folie de sortir avec une bête qui, selon l'expression du maître de manège, « avait du caractère » et qui le prouva tout de

suite au cavalier novice en le jetant par
une pluie battante, dans la boue de l'ave-
nue du Bois-de-Boulogne. Après avoir
« pilé du poivre » pendant une heure,
vite Albéric remontait dans sa victoria et
se faisait conduire en hâte à la salle d'armes, où, bien qu'il fût d'humeur paci-
fique et n'eût soif du sang d'aucun de ses
meilleur ton, désignaient plus volontiers
par ce gracieux sobriquet. C'était là
qu'en déjeunant avec ses deux amis,
Bordier le coulissier et Sautelet le vau-
devilliste, l'heureux gagnant du gros lot
achevait son éducation de dandy vraiment moderne. En somme, toute la
question se réduisait à « être dans le

semblables, il s'exerçait violemment
à tuer son homme dans les règles, en
ployant et en cassant des fleurets sur
le plastron du maître d'armes. Ainsi
l'avait ordonné son nouveau mentor, le
gros Georges Bordier, homme de tous les
sports et arts gymnastiques, qui ne manquait ni une réunion de courses ni un
assaut.

A midi, Albéric arrivait, avec un appétit formidable, au Cercle des Égoutiers —
lequel, en réalité, s'appelait Cercle Phil-
harmonique, New-Club, ou quelque chose
dans ce genre-là, mais que ses membres,
tous gens persuadés qu'ils étaient du
train » ou à ne pas y être, à savoir ce
qui était « chic » et ce qui ne l'était pas.
Ainsi, parier à coup sûr aux courses,
quand on avait obtenu d'un jockey
un renseignement sûr, un « fort tuyau »,
c'était être « dans le train » ; fumer une
courte pipe de bruyère, dans la rue,
quand on rentrait chez soi, la nuit, en
tenue de soirée, c'était chic. Il s'agissait
encore, autant qu'on le pouvait, de se
montrer « fin de siècle ». Par exemple,

une duchesse portant un nom historique, qui allait applaudir tous les vendredis les chansonniers du *Chat-Noir*, était citée comme tout ce qu'il y a de plus « fin de siècle ». Albéric avait de l'intelligence, le don de l'assimilation. Bientôt, il comprit et sentit toutes ces jolies nuances.

On jouait beaucoup, au Cercle des Égoutiers. Tous les soirs, vers minuit, après la sortie des théâtres, la grosse partie commençait, et, bien entendu, rien n'était plus « chic », plus digne d'un parfait clubman, que de se chauffer le crâne, jusqu'à cinq heures du matin, sous l'immense abat-jour de la table verte et de perdre ou de gagner « la forte somme », avec un air de détachement absolu et sans que bougeât un poil de la moustache. Un si noble emploi de son temps et de ses facultés devait tenter Albéric, qui avait de l'amour-propre. Ses nouveaux conseillers lui expliquèrent combien il était louable et intéressant de prendre l'argent d'autrui par la vertu d'un valet de carreau, ou de vider sa bourse dans la poche du premier venu sur l'ordre d'un neuf de pique. L'écolier en « haute vie » — qui se formait, décidément — passa donc des nuits entières à manier des jetons et des cartes, à répéter jusqu'à l'aurore ces harmonieux monosyllabes : « Carte... Bac... Bûche, » rentra chez lui au moment où commence dans Paris le travail des balayeurs, et ne se réveilla plus qu'à midi, avec les cheveux secs et brûlants et un goût de cuivre dans la bouche.

Pour les deux premiers mois seulement, ce nouveau train d'existence soulagea le jeune homme d'une trentaine de mille francs. Mais il avait acquis des connaissances très précieuses. Allez ! le tailleur n'avait plus besoin de lui apprendre qu'on ne portait pas un veston dans l'après-midi, ni le bottier de lui imposer les souliers à bouts pointus. Il était désormais incapable d'une seule hérésie en matière de toilette. Il savait qu'on se couvre de ridicule en mettant ses gants paille et qu'il suffit de les tenir dans sa main nue, tout neufs ; que, pour voyager, on peut et même il faut porter une chemise à plastron de couleur, mais à col blanc, — et une foule de choses aussi essentielles. Tout de suite, il avait attrapé le genre anglais pour marcher dans la rue, la tête en arrière, les coudes écartés, et la façon de tenir un mince parapluie, horizontalement, à bout de bras, comme si c'était un pesant fardeau. Et que d'autres notions utiles ! Ce n'était pas devant lui qu'on aurait osé comparer la piste de Chantilly à celle d'Auteuil. Il ne fallait pas lui parler des cigarettes d'Orient de l'hôtel de Bade, puisqu'il n'y en avait de tolérable qu'au Grand-Hôtel ; et vous pouviez dire tout ce que vous voudriez, ce n'était encore que chez Voisin qu'on pût manger un salmis de bécasse.

L'un des inséparables d'Albéric, le journaliste Jules Sautelet, était, nous l'avons dit, assez répandu dans le monde des théâtres, — lequel prend, comme on sait, plus d'importance chaque jour. Rédigeant le courrier dramatique dans un journal d'informations, sous l'ingénieux pseudonyme de « Petit-Blanc », il tenait la société parisienne au courant des potins de coulisses. On lui devait des entrefilets ainsi conçus : « Nos lecteurs apprendront avec plaisir que le petit garçon de mademoiselle Fleur-de-Pêcher, la toute charmante chanteuse des Bouffes de l'Ouest, est complètement guéri, à l'heure qu'il est, de la coqueluche dont il souffrait depuis quelques semaines. Tout le public s'associera comme nous à la satisfaction de la délicieuse divetta. » — Ou bien encore : « Nous remarquons, dans la liste du jury pour la prochaine session des assises de la Seine, le nom de M. Le Banqueroutel, le sympathique directeur du théâtre des « Fumisteries-Parisiennes. » Un gazetier, chargé d'annoncer des nouvelles de cette gravité et qui, tout récemment, avait eu le pouvoir, rettes. Il commençait à devenir « quelqu'un ». Sur le boulevard, les cabotins le saluaient respectueusement, dans l'espoir de quelque réclame. Les directeurs avaient des égards pour lui ; Braillard, le fameux comique, poussait la condescendance jusqu'à le tutoyer, et le richissime chef de claque Rougeaud l'invitait parfois à tirer un faisan dans la

par deux lignes d'insertion, de faire rapporter chez la chanteuse à roulades de l'Opéra-Comique un chien havanais qu'elle avait perdu, devait avoir une influence légitime derrière tous les manteaux d'arlequin. Aussi s'était-il glissé déjà, comme cinquième collaborateur, mis sur l'affiche et touchant un pour cent, dans quelques librettos d'opé- magnifique propriété qu'il possède sur les bords de la Marne.

Un pareil homme semblait venu tout exprès au monde pour introduire Albéric dans ce mystérieux paradis des coulisses, qui, de loin, semble à tous les naïfs quelque chose comme le ciel du Prophète, tandis que, en réalité, toutes

les délicatesses y sont offensées par les
escaliers escarpés, les couloirs ténébreux,
les décors au grossier badigeon, les comé-

Mais c'es' ainsi. Il n'y a pas un Parisien
qui n'envie, au 'ond de son cœur, la
destinée du pompier de service.

JULES SAUTELET.

diens tatoués comme des anthropo-
phages, et su tout par les odeurs odieu-
sement mélangées de la vieille poussière,
de la parfumerie et de la fuite de gaz.

Or, le théâtre des Fumisteries venait
de donner une pièce à costumes et à
couplets, une espèce de Revue, portant
ce titre suave : *Enlevez ! c'est pesé !*

et Sautelet, que son sacerdoce de cour-
riériste obligeait à honorer de sa présence toutes les premières représentations,
s'était fait accompagner à celle-ci par
Albéric.

tant faux à troubler les éléments, le
célèbre pitre Oscar, qui jouait le rôle du
compère, débitait une série de coq-à-
l'âne empruntés à l'ouvrage bien connu,
Un million de calembours pour un sou

MADEMOISELLE ACACIA.

La pièce — si l'on peut appeler de ce
nom une suite de scènes décousues —
était d'une imbécillité parfaite. Entouré
d'un peloton de demoiselles court vê-
tues, généralement cagneuses et chan-

Mais le public le plus attique du monde
entier était charmé par ces inepties et
les applaudissait avec enthousiasme.

Soudain, au moment où le compère
Oscar — il avait été récemment décoré

des palmes académiques — venait de recevoir, à la grande joie du poulailler, son troisième coup de pied dans le derrière, une grande fille assez jolie, qui avait les cheveux d'or pâle et les yeux bleus et féroces d'une Walkyrie, — bien qu'elle fût née à Charonne et y eût exercé l'état de blanchisseuse de fin, — fit son entrée et fut saluée d'une double salve de bravos, que « l'entrepreneur de succès » avait payée, avant la représentation, d'une tournée de mêlé-cassis offerte à son personnel sur le comptoir de la buvette du théâtre.

A la vue de mademoiselle Acacia, Albéric sentit que c'en était fait de son repos, que son cœur était réduit en esclavage.

Elle représentait — gracieux symbole — le futur Chemin de fer Métropolitain. Coiffée d'une petite locomotive en carton peint dont une plume blanche simulait a fumée, elle chanta d'une voix au verjus avec l'accent de Belleville, une série de couplets suivis du refrain obligatoire :

Je suis le Métropolitain,
Tin, tin, rlintintin !

et, comme son corsage avait été réduit par le costumier à l'indispensable, et sa upe au minimum, elle obtint les honneurs du *bis*. Ce fut une « révélation », un succès incontestable ; et Jules Sautelet, qui n'était pas absolument maître de ses métaphores, imprima, dans son compte rendu du lendemain, cette phrase restée célèbre : « Mademoiselle Acacia est une étoile en herbe, qui a chanté de main de maître. »

D'ailleurs, le journaliste présenta, le soir même de la première représentation d'*Enlevez, c'est pesé !* son inflammable ami à « l'étoile en herbe », et désormais mademoiselle Acacia traîna le jeune Albéric enchaîné à son char triomphal.

Il protégea cette intéressante artiste, et dès lors il coula des jours dignes d'envie.

Afin d'entendre, le plus souvent et le plus près possible, mademoiselle Acacia déclarer à la claque en délire qu'elle était le Métropolitain, « tin, tin, rlintintin », le jeune homme prit, par abonnement, un fauteuil du premier rang — côté cour — au théâtre des Fumisteries-Parisiennes, et, comme il passait là toutes ses soirées, il finit par se lier avec le timbalier, vieux et excellent musicien, qui avait, depuis vingt-cinq ans, une partition d'opéra en cinq actes sur le chantier, — un chef-d'œuvre peut-être, — et qui, pour gagner son pain, tenait les timbales à l'orchestre des Fumisteries, où il était chargé, par surcroît, de jouer de tous les instruments rares : triangle, tambour de Basque chapeau chinois, grelots et castagnettes

Un soir, pendant l'entr'acte, Albéric — qui prenait au sérieux mademoiselle Acacia, et qui, pour lui permettre de débuter à l'Opéra-Comique, était sur le point d'avancer une somme assez ronde au directeur de cette scène lyrique alors en détresse — fit part de son ambition au vieux timbalier.

— N'est-ce pas qu'elle serait charmante dans les *Dragons de Villars* ?

Mais le bonhomme se contenta de répondre, en reniflant avec volupté une prise de tabac :

— Allons donc ! cette pintade !

Et Albéric, blessé dans ses plus intimes sentiments, fit changer le numéro de son fauteuil, abandonna le côté cour pour le côté jardin, et, se trouvant à présent voisin des instruments à corde, lia bientôt un commerce d'amitié avec l'homme de la contrebasse.

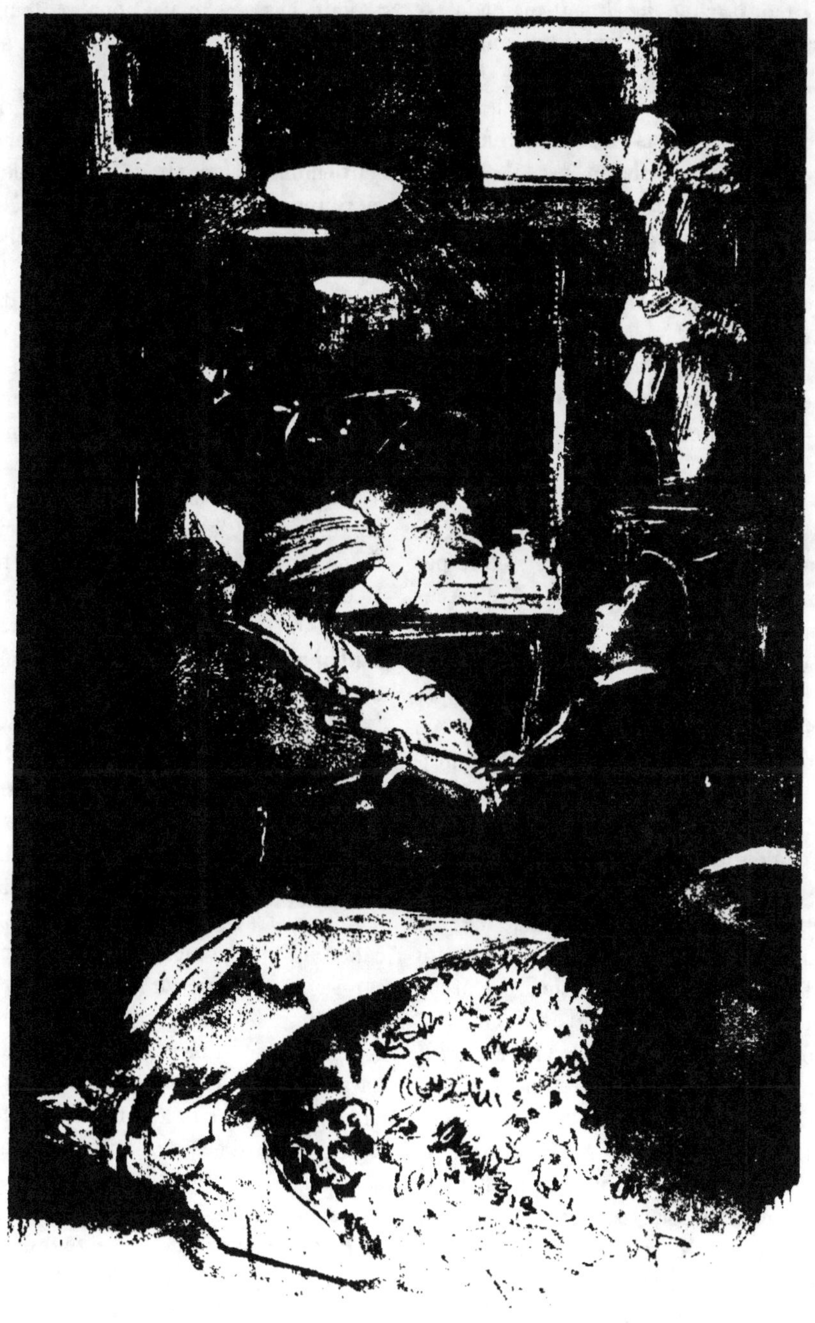

IL PROTÉGEA CETTE ARTISTE...

Celui-ci était un modeste virtuose à face moustachue de sergent-major, d'aspect tout ensemble civil et militaire, qui, le soir, sciait son armoire à l'orchestre des Fumisteries, et, le jour, s'époumonait dans un saxotrombone, comme musicien de la garde républicaine.

— Dites-moi franchement votre avis, lui dit enfin Albéric. Est-ce que vous ne voyez pas mademoiselle Acacia dans le *Domino Noir* ?

Mais l'humble exécutant fut aussi sévère que le maëstro méconnu.

— Cette dinde ! s'écria-t-il. Vous voulez rire.

Albéric fut un peu découragé. Il se demanda si, vraiment, il ne s'était pas trompé en croyant que mademoiselle Acacia fût destinée à devenir une grande artiste. Depuis quelque temps, du reste, elle le fatiguait par ses prétentions et son avidité. Elle écumait de fureur en entendant prononcer le nom d'une cantatrice célèbre, et ne pouvait passer au bras du jeune homme, près d'une vitrine de bijoutier, sans tomber en arrêt devant un bracelet ou une broche. De plus, elle avait pour duègne une hideuse vieille femme, une soi-disant tante, qui jadis avait crié dans les rues : « Hareng qui glace, y glace ! » et qui énervait Albéric par sa familiarité, en l'appelant « mon fiston » et en lui tapant sur le ventre.

Il prit donc congé, après avoir atténué, par le don d'une parure de saphirs, la brusquerie de son départ ; et, pour le consoler de sa déception, son ami le coulissier, le gros Bordier, qui ne comprenait le plaisir qu'avec un parfum d'écurie, l'emmena au cirque des Champs-Élysées, où tout Paris admirait alors une jeune Américaine, miss Nelly, — laquelle n'avait pas de rivale pour se tenir à genoux sur un fil de fer en jonglant avec cinq compotiers.

C'était là, sans doute, un art inférieur et dont n'aurait pas dû se soucier un gentleman qui venait de faire quelques sacrifices pour une diva. Mais miss Nelly — ah ! ces blondes ! — était belle à damner saint Antoine, et, grâce à l'intermédiaire du coulissier, Albéric fit, le soir même, connaissance avec la jeune acrobate, dans la coulisse, c'est-à-dire dans l'écurie, devant le box de l'éléphant qui le regardait d'un petit air goguenard.

L'ardent Albéric prit feu et, dans tous ses rêves, il vit la belle Américaine ceinte d'une auréole de compotiers. Mais miss Nelly était une fort honnête personne, — ce qui est assez fréquent chez les saltimbanques, — et vivait très sagement dans sa famille.

Elle était nombreuse. Il y avait d'abord le respectable aïeul, qui s'était autrefois montré supérieur dans l'exercice des barres fixes et qui, devenu vieux, se reposait sur ses lauriers et se contentait de dresser quelques chiens savants pour se distraire. Puis le père, un homme-canon, ni plus ni moins, qui vous portait sur sa nuque une caronade de marine, s'il vous plaît, et qui vous pariait deux cents francs — bien comptés, là, dans un sac, en pièces de cent sous — qu'aucun amateur de l'honorable société n'était fichu d'en faire autant. Ensuite, la maman, une forte femme, elle aussi, je vous prie de le croire, qui grimpait en deux temps — hop là ! — tout debout sur les épaules de son homme, et qui supportait alors elle-même, dans cette position difficile et en croisant les bras, la pyramide humaine formée par ses trois fils cadets, adolescents pleins d'avenir et désarticulés dès le berceau. Enfin, la famille se complétait par un quatrième fils, l'aîné de tous, qui, vu sa constitution délicate, avait endossé la souquenille du clown et remportait les succès les plus flatteurs en faisant exécuter, chambrière à la main, et selon la pure tradition de M. Loyal, tous les travaux du manège à un cochon en liberté.

Or, tout ce petit monde était plein de moralité et ne perdait jamais l'équilibre sur la corde raide de la vertu. Aussi, quand Albéric, qui devint assidu dans les écuries du cirque, osa parler d'amour à miss Nelly, toujours sous le regard narquois de l'éléphant, la charmante acrobate lui répondit, en baissant les yeux comme une ingénue des comédies de M. Scribe :

— Parlez à ma mère.

Puis, pour l'encourager, elle lui fit espérer, avec une grâce modeste, que cette estimable matrone vaincrait certainement la première et inévitable répugnance du chef de la famille pour un gendre inexpert en gymnastique et pas seulement en état de présenter sa tendre requête entre deux sauts périlleux

Si jolie que fût miss Nelly, Albéric, qui d'ailleurs n'avait pas songé d'abord au bon motif, fut épouvanté d'entrer dans une famille capable d'ouvrir le premier quadrille du bal de noce en marchant sur les mains, et il fit une prompte retraite.

Ainsi s'écoulait absurdement sa vie. Toujours les fleurets cassés sur le plastron du maître d'armes. « A moi, touché ! » Toujours les repas au restaurant et les discussions avec le garçon : « Dites donc, Louis ? Vous ne me ferez pas croire que ce pomard-là est le même que celui de la dernière fois. » Toujours les nuits passées à cartonner au cercle : « Carte... Bûche... Bac. » Pas d'amis, rien que des parasites. Pas une bonne action, rien que des largesses vaniteuses de l'or jeté à la vanvole. Et maintenant, voilà qu'il avait déposé ses hommages aux pieds d'une aboyeuse de café-concert, qui hurlait tous les soirs, couverte de diamants, l'exquise romance, destinée d'ailleurs à faire le tour du monde : *J'ai quéq' chos' qui m' démang' dans l' dos.* Et cette existence-là durait depuis un an ; et Albéric n'était pas loin d'avoir dissipé les premiers cent mille francs de son gros lot ! Ah ! pauvre imbécile ! Gâté par l'argent, comme tant d'autres !

Mais un matin de novembre Albéric, qui, par hasard, s'était couché avant minuit, se réveilla vers sept heures, la bouche et le cœur pleins de dégoût, et il se mit à réfléchir, ce qui ne lui était pas arrivé depuis longtemps.

« Il faut en convenir, songeait-il, la tête sur l'oreiller, j'ai été trop vite, beaucoup trop vite. Mon excuse est que je mourais d'inanition, que je me suis jeté trop gloutonnement sur la nourriture et que maintenant je ne peux pas digérer... Car, il n'y a pas à dire, je me blase, je suis blasé. Celui qui m'aurait prophétisé, quand j'ai palpé mes cinq cent mille francs, que je serais las, au bout d'un an, de toutes les jouissances de l'homme riche, m'aurait singulièrement surpris. Cependant, c'est ainsi. Je m'ennuie. Tout me déplaît. Mes camarades du club sont stupides, et je suis écœuré de truffes. Hier, j'ai gagné un banco de trois cents louis sans le moindre battement de cœur... Que faire ? Enrayer, changer de manière de vivre ? Ah ! ma foi, non... Car il y a du bon dans les choses qui me dégoûtent aujourd'hui, et s'il fallait y renoncer absolument — je me connais — je les regretterais... Non, ce qu'il me faudrait, ce serait une halte, un repos, une sorte de purgation intellectuelle et morale... Il faudrait, oui, il faudrait que je redevinsse, pour un jour, deux, trois,

LA RUE RAVIGNAN...

pour le temps nécessaire enfin, le pauvre diable que j'étais autrefois... Et, après cela !... »

Tout à coup, il se dressa sur son séant, et frappa ses mains l'une contre l'autre. « Mais, suis-je niais ! Rien n'est plus facile. J'ai payé pour un an mon loyer là-bas. J'ai encore mon grenier de la rue Ravignan, où je ne suis jamais re-

tourné. Je puis y coucher dès ce soir. Qui m'empêche de manger à mon ancienne gargote, de passer une soirée au café avec M. Mataboul ?... Parfaitement ! Voilà ce que je dois faire. Voilà de quoi rafraîchir mes sensations. Je n'ai qu'à revivre un peu de ma misérable vie de jadis. Il faudrait même, pour que ce fût complet, refaire de la correspondance commerciale pendant dix heures de suite chez Cahun et fils... Ah ! je suis malade de satiété ! Eh bien, je sais maintenant ce qui va me guérir : une cure de misère, et je suis sûr qu'elle ne sera pas longue ; car ce serait bien étonnant que les nuits dans une glacière, les dîners à vingt-deux sous et l'esclavage d'un travail stupide ne me rendissent pas bien vite le goût et le désir d'un lit moelleux, de la bonne chère et de la libre paresse... Oui, c'est cela ! Une cure de misère, — j'ai trouvé le mot et la chose, — et je vais la commencer dès aujourd'hui. »

III

GUÉRI

Albéric venait de prendre cette importante résolution, lorsque son valet de chambre, le beau séducteur en culotte de peluche noire, entra dans la chambre, portant sur un plateau une jolie tasse de chocolat exhalant un fumet délicieux,

Et dont, avant le goût, les yeux se contentaient.

comme dit le Sosie d'*Amphitryon*. Mais le jeune homme, qui voulait commencer immédiatement son régime de mortification et d'abstinence, eut le courage de

En ce moment, Albéric se souvint qu'il avait encore, au fond d'un placard, le « complet » de la *Belle Jardinière* et le pardessus de vinaigre sous lequel il grelottait jadis, par les matins d'hiver, en hâtant le pas vers son bureau. Il chercha donc et retrouva ses pauvres hardes,

LE PARIS MATINAL...

résister à cette première tentation et sauta à bas du lit.

— Comment ? s'écria le don Juan des caméristes, Monsieur s'habille avant que j'aie allumé le feu ?... Monsieur ne prend pas son chocolat ?...

— Non, Joseph. Il faut que je sorte tout de suite... Je m'absente peut-être pour deux ou trois jours... Je n'ai pas besoin de vous. Allez.

puis, après avoir jeté sur elles le regard philosophique de Sixte-Quint reconnaissant ses anciens haillons de gardeur de pourceaux, il s'habilla bravement et, sortant de chez lui, il revit, pour la première fois depuis un an, le Paris matinal, avec ses passants affairés, ses petites femmes trottinantes, ses charrettes de boueurs, ses tapageuses voitures de laitiers, ses rassemblements de chiens.

UN DÉTESTABLE CAFÉ AU LAIT...

« Fichtre ! se dit-il en frissonnant dans la brume humide et pénétrante, voici déjà que le traitement opère. Ma pelisse doublée de loutre avait du bon, et je la remettrai avec plaisir. »

Dans une puante crémerie de la rue de la Grange-Batelière, qu'il avait autrefois fréquentée, Albéric avala un détestable café au lait, et son estomac regretta tout de même un peu le chocolat parfumé, stoïquement laissé sur la table de nuit, et dont se régalait probablement le lovelace aux belles guêtres.

« Encore un excellent effet de la cure ! songea le consommateur en étalant du beurre rance sur du pain mou comme une éponge, voici du lait qui prouve les admirables progrès de la chimie moderne, car aucune vache n'en est certainement responsable... C'est bien bon, du bon chocolat, et Joseph le fait à merveille... Hum ! je crois que ma guérison sera prompte... Allons maintenant chez Cahun et fils... Il faut, par quelque moyen, que je m'administre, à titre de spécifique contre l'ennui, une de mes assommantes journées d'autrefois... Ce sera de l'homéopathie. *Similia similibus.* »

Il arriva chez les illustres chemisiers de la rue du Sentier, à huit heures précises, et trouva le père Schwab, le vieux caissier, en train d'enfiler ses manches de lustrine.

— Vous, monsieur Mesnard ! s'écria d'un air stupéfait le caissier, qui ne se croyait plus le droit de traiter fami-

lièrement un homme riche d'un demi million. Vous ici, de si grand matin ? Par quel hasard ?...

— Monsieur Schwab, répondit Albéric, je viens vous demander une faveur.

— Laquelle, monsieur Mesnard ? Laquelle ?... dit le caissier plein d'empressement.

— De me laisser, tout simplement,

LE PÈRE SCHWAB.

passer la journée d'aujourd'hui, et peut-être celles de demain et d'après-demain, dans les bureaux, en aidant mes anciens camarades à expédier la correspondance, absolument comme du temps où j'étais employé ici... Et même je prierai monsieur Abraham, le chef de bureau, de m'accabler de besogne.

A cette singulière demande, le père Schwab ouvrit de grands yeux, où éclatait une vive inquiétude sur l'état mental de son interlocuteur. Mais le jeune homme se mit à rire :

— Non, monsieur Schwab, non, je ne suis pas en démence, soyez tranquille... Et dans tous les cas ce ne serait point de la folie des grandeurs que je serais atteint, n'est-il pas vrai ?... Si je prétends redevenir pour un temps le pauvre garçon que j'étais naguère, c'est tout simplement... pour gagner un pari. Oui, ces messieurs du Cercle des Égoutiers, dont j'ai l'honneur de faire partie, ont prétendu en plaisantant que je ne serais plus capable, après un an de bien-être, de vivre un seul jour de ma vie d'employé. J'ai tenu le pari, et vous allez être les témoins, vous et les camarades, que j'en remplirai consciencieusement toutes les conditions... Vous voyez, j'ai déjà remis le petit complet de la *Belle Jardinière* que je portais il y a un an... Chaque jour que je passerai dans les bureaux de Cahun et fils représente pour moi une somme fort respectable, et tout finira par un bon dîner que j'offrirai à mes anciens compagnons de chaîne... Est-ce convenu ?

La pensée que de sots et prodigues chrétiens allaient perdre leur argent dans une ridicule gageure était faite pour réjouir l'âme du vieil Hébreu, et le bon dîner en expectative ne lui était pas indifférent non plus. Ce fut donc avec entrain qu'il quitta pour quelques instants sa caisse et qu'il entra avec Albéric dans la vaste cage vitrée, où une douzaine d'infortunés scribes, courbés sur d'énormes registres, additionnaient des colonnes de chiffres longues comme des agonies.

Albéric, accueilli par des exclamations de surprise, distribua des poignées de main à la ronde, redit la fable de son pari, renouvela la promesse d'un repas de corps, et fut réinstallé, au milieu des éclats de rire, devant son ancien pupitre. Il était au courant de la besogne, et, sur sa prière, elle lui fut abondamment distribuée par le chef de bureau, M. Abraham, magnifique Israélite à barbe noire et frisée, qu'on ne pouvait voir sans songer aux bas-reliefs ninivites du Louvre, tant il ressemblait aux personnages qui y sont représentés, toujours de profil, la tiare en tête, étreignant un lion sous leur bras avec autant de facilité qu'un homme d'affaires y tient sa serviette de chagrin noir, ou une vieille dame son griffon havanais.

Pendant toute la journée, Albéric, ayant retrouvé du premier coup sa belle cursive de naguère, dépouilla une volumineuse correspondance venant de l'Amérique du Sud, où Cahun et fils avaient su conquérir depuis peu une très nombreuse clientèle, et il répondit — toujours avec la formule obligatoire : « En réponse à votre honorée du... » — aux ordres de tous les chemisiers du Chili, du Pérou, du Brésil et de la République Argentine. Il fit tomber sur Rio-de-Janeiro une neige de faux cols, il gorgea Buenos-Ayres et Montevideo de manchettes et de plastrons mobiles. Mais surtout il expédia, par ballots énormes, dans ces villes exotiques — dont les noms semblent des gazouillements d'oiseaux, comme Guayaquil, ou des cris de perroquets, comme Caracas — un nouvel article de la maison Cahun et fils, des cravates au nœud tout fait, en satin sang de bœuf, flamme de punch, cuisse de nymphe, vert pomme et jaune citron, dont l'atroce mauvais goût représentait la dernière mode de Paris pour les républiques hispano-américaines.

Phénomène bizarre ! l'employé volontaire supporta sans trop d'ennui les longues heures de travail. Il ne put même s'empêcher de faire cette réflexion que ce n'était pas, après tout, beaucoup plus abrutissant de passer sa journée à copier et à recopier la même phrase, que de rester toute la nuit au cercle à regarder tomber les cartes d'un baccarat à deux tableaux.

« Pour cette partie du traitement, songea-t-il, je prévois que je serai forcé d'insister. Eh bien ! on doublera la dose ; on la triplera, s'il le faut. Mais je ne suis pas assez jobard pour croire aux niaiseries des moralistes, qui prétendent qu'on se blase moins vite d'un travail que d'un plaisir. »

Cependant, quand six heures sonnèrent et qu'on leva la séance, Albéric trouva que le temps avait assez vite passé. Après avoir pris congé du père Schawb et des autres camarades en leur donnant rendez-vous pour le lendemain matin, il sortit et gagna le boulevard, pour remonter à Montmartre.

La pluie tombait, fine et froide, et le gaz faisait luire la soie mouillée des parapluies. Albéric n'avait pas pris le sien. Il fut sur le point de sauter dans un fiacre, mais il se ravisa brusquement.

« Non, non, je n'en ai pas le droit. Être trempé comme un caniche parce qu'on a oublié son parapluie, cela fait encore partie de la cure... Un fiacre ! quel luxe ! Et à la fin du mois encore ! Est-ce que je suis fou ?... Je n'ai censément pas de quoi me payer une course de fiacre... Ah ! tu ne t'apercevais pas combien il était agréable et commode d'avoir un coupé au mois, avec ton chiffre peint sur la portière !... Eh bien, il y a

vingt minutes de chemin d'ici à la gargote de la rue Germain-Pilon, et il va pleuvoir à verse... En avant, marche, mon bonhomme ! Ça t'apprendra. »

Il était en effet mouillé jusqu'aux os et crotté jusqu'aux oreilles lorsqu'il arriva au petit restaurant.

Rien n'y était changé. L'étroit couloir qu'on avait eu le tort de ne pas employer pour une de ces industries qui

s'exercent en longueur, celle d'un cor-
dier, par exemple — exhalait toujours la
même odeur de ratatouille, et le courant
d'air de la porte ouverte y travaillait à
chaque instant les trois becs de gaz brû-
lant à plein feu. Seulement la gargote
devait être en décadence ; car, ce soir-là,

gnée que le fameux tribun apostrophant
M. de Dreux-Brézé, — la monstrueuse
patronne au visage grêlé fut stupéfaite,
car elle n'ignorait pas que le jeune
homme avait gagné le gros lot et elle ne
pouvait s'expliquer quel goût dépravé
pour l'abominable cuisine de son éta-

la plupart des petites tables étaient inoc-
cupées, et une dizaine tout au plus de
tristes chapeaux et de pardessus lamentables garnissaient les fourches patibu-
laires de la muraille.

A la vue d'Albéric, l'énorme patronne,
— qui ressemblait à Mirabeau, et qui, en
ce moment, pour rappeler à la bonne que
le « quatre » avait déjà trois fois ré-
clamé son fricandeau, était aussi indi-

blissement y ramenait ce client, depuis
un an disparu.

Mais, sans se soucier de l'étonnement
de l'ogresse, Albéric s'assit devant une
table, consulta la carte du jour, qui traînait là dans son cadre de bois, et cons-
tata qu'elle commençait toujours par
cette mention spécialement destinée aux
délicats : « Serviette, 5 centimes, »

— Monsieur, il y a du poisson aujourd'hui, lui dit d'une voix fatiguée la servante, en plaçant la moutarde et la salière sur la nappe graisseuse.

Elle n'avait pas embelli, la servante. Ce soir, par bonheur, elle ne souffrait pas de sa rage de dents chronique et n'était pas ornée de son paquet d'ouate et de sa mentonnière ; mais l'index de sa main droite, affligé d'un panaris, était enveloppé d'une poupée de linge sale, dont la seule vue aurait coupé l'appétit à un naufragé, même sur le radeau de la *Méduse*.

— Soit, voyons ce poisson, dit Albéric, à qui fut servi, sur une assiette d'une propreté douteuse, un maquereau qui, selon la vigoureuse expression de Henri Heine, « sentait de la bouche comme un homme ».

Le consommateur fit une grimace de répugnance.

« Diable ! songea-t-il, le régime s'impose ici dans toute sa rigueur... Et moi qui, pas plus tard qu'avant-hier, au café Anglais, me plaignais de la décadence du chef et faisais une scène au garçon à propos des filets de sole aux crevettes... La prochaine fois, je m'en lécherai les moustaches... Allons, décidément, mon idée était excellente, et ma cure de misère va me remettre sur pied en vingt-quatre heures... Pourtant, il manque quelque chose à mon infortune, ce soir. Le service et la cuisine sont bien tels que je les souhaitais, capables de soulever le cœur ; mais, pour que ce fût complet, il faudrait ici quelques-uns de mes ennuyeux commensaux d'autrefois... M. Mataboul, notamment... Oui, je regrette M. Mataboul... Car, depuis quelque temps, les conversations de mes camarades de club me sont devenues insupportables ; ils ne savent me parler que de chevaux et de cocottes, et leurs moindres discours

sentent le crottin et la poudre de riz... Mais, en une heure de politique, M. Mataboul me réconcilierait avec les entretiens de la potinière, autour de la grande cheminée des « Egoutiers »... Je m'en souviens, des tartines du commissionnaire en vins. Je n'ai jamais connu de « raseur » plus impitoyable. Que n'est-il devant moi, à cette table, pour tonner contre les empiètements du cléricalisme ou pour dénoncer patriotiquement à l'indignation publique l'abandon de l'Egypte aux Anglais ?... »

En ce moment, comme si la destinée eût été aux ordres d'Albéric, la porte du restaurant s'ouvrit, et M. Mataboul parut. Mais il n'était pas seul et il poussait devant lui une assez gentille fillette de sept à huit ans, en robe et en bonnet de deuil.

Le méridional reconnut tout de suite Albéric, et une exclamation de surprise jaillit des profondeurs de sa barbe noire.

— En croirai-je mes yeux ? s'écria-t-il comme dans les tragédies classiques. Vous, mon cher monsieur Mesnard ?... Comment ? l'heureux mortel qui a gagné le lot de cinq cent mille revient dîner à la gargote ? Voilà de l'extraordinaire !... Mais n'importe ! je suis très content de vous revoir. Me permettrez-vous encore de m'asseoir à votre table ?

— Comment donc ! monsieur Mataboul. A l'instant même où vous êtes entré, je pensais à vous et je regrettais votre absence.

— Alors, Joséphine, commanda le courtier en vins à la servante, deux couverts... Encore une fois, mon cher monsieur Mesnard, je suis charmé de la rencontre.

Puis, installant sur une chaise la petite fille qu'il accompagnait :

— Assieds-toi, ma mignonne, lui dit-il

en adoucissant sa voix. Vous allez voir, monsieur Mesnard, elle va manger bien tranquillement, comme une grande demoiselle... Nous n'avons pas encore huit ans, mais nous sommes déjà très raisonnable... Attends, mon trésor, que je te mette ta serviette,

Albéric était très étonné; et c'était, en effet, un spectacle surprenant de voir cet homme du Midi, aux yeux farouches, à la barbe hirsute, à la physionomie de brigand des Abruzzes, prenant soin de cette petite fille et lui attachant sa serviette derrière la tête avec des gestes délicats et maternels.

— Quelle est donc cette gentille enfant ? demanda le jeune homme.

— Eh ! c'est Mariette, répondit le courtier en vins, c'est ma belle petite Mariette, ma propre et unique nièce, et qui aime bien son oncle, n'est-ce pas, ma chérie ?... Ah ! ma vie est bien changée, depuis six semaines. Vous voyez, j'ai un crêpe à mon chapeau... Mais je vous conterai cela tout à l'heure. Parlons de vous, d'abord, mon cher Mesnard, car ça m'a donné un coup de vous retrouver, attablé dans notre ancien restaurant... Pardon si ma question est indiscrète. Mais depuis que nous ne nous sommes vus il y a eu ce terrible *krach* du Comptoir de Crédit. J'espère que vous n'aviez pas déposé vos capitaux chez ces voleurs-là... Vrai, je serais désolé qu'il vous fût arrivé malheur, car vous êtes un bon garçon, et l'heureuse chance que vous avez eue m'a fait plaisir.

Tiens ! tiens ! Mais c'était donc un brave homme que ce « raseur » de Mataboul. Albéric fut touché de sa sollicitude. Quand il était malheureux, à la grosse partie du samedi soir, aux « Égoutiers », et qu'il attrapait une forte « culotte », le gros Bordier et le petit Sautelet, ses prétendus amis, prenaient sa déveine beaucoup plus philosophiquement. Et, sur le simple soupçon d'un malheur, ce Mataboul, qu'il ne connaissait guère, après tout, un étranger presque, s'inquiétait, lui témoignait de la sympathie.

— Rassurez-vous, dit Albéric au méridional qui venait de servir à sa petite nièce la moitié d'un maquereau malodorant après en avoir soigneusement retiré les arêtes, rassurez-vous, mon cher Mataboul, et merci de votre sentiment amical. Non, je ne suis pas ruiné, et je viens ici, ce soir, par pur caprice... Un pari, je vous expliquerai... Pour le moment, c'est cette enfant qui m'intéresse. Racontez-moi donc son histoire.

— Elle n'est pas gaie, je vous en préviens, commença le courtier avec un gros soupir. J'avais une sœur plus jeune que moi de trois ans, veuve, pas heureuse, avec cette fillette. Elle était gérante d'un petit bureau de tabac, là-bas, au Grand-Montrouge. Je ne la voyais pas souvent; elle demeurait si loin, dans cette banlieue. Et puis, je suis assez gêné moi-même, je ne pouvais pas faire grand'chose pour elle. Enfin, elle vivotait. Elle avait ajouté à son commerce de tabac un peu de mercerie, d'épicerie... Oh ! presque rien. Des paquets de bougies, des lacets de bottines, et des pipes en sucre rouge dans un bocal, pour les gamins, comme on n'en voit plus qu'à l'étalage de ces toutes petites boutiques-là. Elle vendait aussi les journaux à un sou... Pas heureuse, non; elle n'avait jamais été heureuse, ma pauvre sœur, et elle avait eu bien tort de quitter le pays pour épouser un Parisien... Un mauvais sujet, qui lui avait mangé ses quatre sous de dot, et qui, à force de faire la noce, l'avait laissée veuve à trente-deux ans... Enfin, comme je vous le disais, elle gagnait à peu près sa vie, dans son débit du Grand-Montrouge. Je lui poussais trois ou quatre visites par an, le premier janvier, le jour de sa fête, et j'apportais quelque chose d'utile pour la petite... Mais, au mois de septembre dernier, ma sœur, dont la santé traînait depuis quelque temps, est morte, sans m'avoir même prévenu de sa dernière maladie. De quoi est-elle morte ? Le médecin n'a pas su me le dire au juste. Il a parlé d'anémie, leur grand mot... La pauvre femme ne se nourrissait pas trop bien non plus... Enfin, elle est morte, et, dame, que voulez-vous ? J'ai hérité de sa fille. Il le fallait bien. Je suis son oncle, son tuteur, son seul parent. Le plus ennuyeux, voyez-vous, c'est que je suis un vieux garçon et que je loge en garni. Vous savez, sur le boulevard Pigalle, à l'*hôtel de l'Univers et de Tarn-et-Garonne*, la maison où il y a un cordonnier qui vend des chaussures de fatigue pour les ouvriers... Heureusement qu'on a pu m'arranger tout de suite un cabinet pour Mariette, à côté de ma chambre... Et n'est-ce pas que tu n'es pas trop mal là, ma fifille ? ajouta M. Mataboul en s'adressant à l'enfant, et que tu n'as pas peur la nuit, et que tu sais bien que ton oncle laisse toujours la porte de communication entr'ouverte ?

Et l'homme du Midi, inclinant vers la petite fille, assise à côté de lui, son terrible visage de Fra Diavolo, la baisa légèrement sur le front.

— Mais cela doit être très embarrassant pour vous, demanda Albéric, qui luttait contre l'émotion. Comment avez-vous arrangé votre existence ?

— Pas trop mal tout de même, je vous assure, répondit M. Mataboul. Il y a l'école ; c'est une grande ressource. J'y mène Mariette dès le matin... Elle aime bien les bonnes sœurs, allez !... Et puis, toute la journée, en route ! dans les tramways, sur les impériales d'omnibus ! Je traverse Paris dans tous les sens, je vais voir mes mastroquets, et je tâche de leur placer des pièces de vin, et raide !... Car il faut que je gagne pour deux, à présent... Et puis j'ai une ambition, je veux faire quelques économies, me mettre dans mes meubles, prendre plus tard une petite bonne... Mais ça c'est l'avenir... Quand ma tournée est finie, je me dépêche de reprendre l'enfant à la sortie de l'école et je l'emmène dîner ici avec moi. Pas moyen de faire autrement. Et puis, on rentre à l'hôtel, je lui fais apprendre ses leçons, écrire son devoir... et enfin, au dodo ! parce que les petites filles, — hein, Mariette ? — si elles veulent grandir et avoir de bonnes joues, il faut que ça soit couché de bonne heure.

— Est-il possible, monsieur Mataboul ?... Vous ne passez plus la soirée au café ? Vous ne lisez plus tous les journaux ? Vous ne vous occupez plus de politique ?

— Presque plus. C'est vrai, pourtant. Je ne suis plus au courant de rien ; je ne sais même pas ce qui s'est passé depuis quinze jours dans les Balkans. Mais comment voulez-vous que je fasse ?... Ah ! je ne vous dis pas que ça n'ait pas été très dur, dans les premiers jours... Et encore maintenant, je n'y résiste pas, quelquefois... En sortant d'ici, je m'en vais avec la petite au café du Delta, je l'assieds près de moi sur la banquette, je lui donne un canard dans la soucoupe de mon mazagran, je lui fais apporter tous les « illustrés » par le garçon... et alors, dame, je m'en fourre jusque-là, des journaux... Tenez ! l'autre jour, quand ces vieux ramollis de sénateurs ont encore démantibulé toute la nouvelle loi militaire, ma foi ! je n'ai pas pu y tenir. Je suis allé au « Delta » avec Mariette, et j'ai lu la discussion *in extenso* dans l'*Officiel*... Mais, quand j'ai eu fini, j'ai trouvé l'enfant qui mourait de sommeil sur le *Charivari*. Il n'y a pas à dire, ça la fatigue. Il faudra que j'y renonce tout à fait. Mais quoi, n'est-ce pas ? c'est le devoir.

Le devoir ! Voilà un mot qu'Albéric n'avait pas entendu prononcer depuis longtemps. Dans le monde où il s'était lancé, au manège, à la salle d'armes, dans l'enceinte du pesage, dans le boudoir de mademoiselle Acacia, dans les coulisses des Fumisteries-Parisiennes, sur les divans du Cercle des Égoutiers, on ne parlait jamais que du plaisir. Et pourtant oui, cela existait, le devoir ; cela pouvait remplir et occuper toute une existence.

Cependant M. Mataboul a fini de dîner; il a payé sa note, que n'augmente guère la nourriture de Mariette, — car l'enfant ne mange pas plus qu'un oiseau, — et maintenant, soigneux comme une bonne nourrice, il emmitoufle sa nièce dans son petit châle de tricot noir. Puis, au moment de partir :

— Je n'ose pas espérer que je vous reverrai souvent ici, mon cher monsieur Mesnard, dit le méridional d'un ton cordial. Le poisson de tout à l'heure n'était pas pour vous engager à revenir... Hein ? quelle peste !... Mais je suis bien content de vous avoir rencontré. Si je n'avais pas à faire répéter, ce soir, à Mariette, sa leçon de grammaire, nous serions allés faire un tour au café... Je n'aurais pas été fâché de voir où en sont les affaires d'Orient. Ça se gâte en Serbie, et cette abdication du roi Milan est très grave... Mais il faut absolument que la petite repasse sa règle des participes... Bonne chance donc, et au revoir... Mariette, dis bonsoir au monsieur.

Elle vient vers Albéric, tout près de sa chaise, et reste là, toute droite dans ses vêtements noirs. Il lui prend sa menotte, lui met un baiser sur le front. Comme c'est doux d'embrasser un enfant ! Pourquoi donc se sent-il le cœur tout remué ?

— Monsieur Mataboul... monsieur Mataboul... Il est possible que j'aie besoin de vous écrire, prochainement... Rappelez-moi donc votre adresse.

— Boulevard Pigalle, *hôtel de l'Univers et de Tarn-el-Garonne*, répond le courtier en vins. Toujours à votre service, mon cher monsieur Mesnard... Et la prochaine fois que nous nous reverrons il faudra causer un peu des dernières élections partielles. Il est intolérable de voir les anciens partis relever aussi effrontément la tête... Allons ! au revoir encore une fois... Passe devant, ma mignonne.

Un instant après, Albéric quittait à son tour le restaurant. Il ne pleuvait plus et, dans le ciel nettoyé, brillaient de larges étoiles. Mais la boue était profonde et le vent aigre et fâcheux.

« Pour le coup, songeait le jeune homme en remontant vers la rue Ravignan, mon traitement est en défaut. Loin de m'ennuyer, M. Mataboul m'a sincèrement ému... Il faudra que je fasse quelque chose pour lui et pour sa petite nièce... Mais que dis-je ? Reconnaître qu'un « raseur » est en même temps un brave homme, devenir indulgent pour les travers et les ridicules d'autrui, se rappeler qu'il y a des pauvretés discrètes et dignement supportées, et désirer leur venir en aide, tout cela fait peut-être encore partie de la cure de misère... Voici matière à réflexions... En attendant, allons revoir mon ancien domicile. »

Il était arrivé devant la maison. Il sonna, la porte s'ouvrit et il entra dans la loge du portier. Celui-ci, tailleur en vieux, comme beaucoup de ses collègues, était au fond d'un pantalon de commissionnaire devenu bleu de ciel à force d'usage.

accroupi sur sa table, les jambes repliées sous lui comme un fakir, et appliquait un morceau de velours à côtes bleu de roi En reconnaissant son ancien locataire, le concierge eut un haut-le-corps.

— Monsieur Mesnard ! s'écria-t-il avec

le plus pur accent parisien. C'est-y Dieu possible !... Eh bien ! vrai, j'ai cru que vous n'étiez plus de ce monde ! Je sais bien que vous m'avez payé quatre termes d'avance ; mais, comme nous étions sans nouvelles, l'autre jour, avec le *popiélaire*, nous nous demandions ce qu'il faudrait faire, rapport à vos *meubes*... Mais à quoi est-ce que je pense ? *Assistez-vous* donc, monsieur Mesnard.

— Ne vous inquiétez de rien, père Constant, dit Albéric, et donnez-moi ma clef. Je coucherai là-haut, cette nuit.

— Comment, coucher là-haut !... En voilà une idée pour un richard, pour un gros lot !... Mais faut que je monte, pour lors... Ça doit être plein de champignons, votre local. On n'a pas fait de feu depuis un an, songez donc... Attendez que la bourgeoise soit revenue, pour garder la loge... que j'aille au moins mettre des draps à votre lit.

Ici, — avouons-le en historien véridique, — le jeune homme eut une faiblesse. Après tout, il n'entrait pas dans son programme de mourir de froid ; et, jadis, dans la plus rude période de sa vie, le portier faisait son ménage. Il crut donc pouvoir se permettre ce petit écart de régime.

— Soit, dit-il. Quand votre femme sera de retour, vous irez mettre ma chambre en état et vous laisserez la clef sur la porte. Pendant ce temps-là... oui... je ferai une visite à ces dames Bouquet... Car je suppose qu'elles demeurent toujours ici.

Oh ! répondit le père Constant, rien n'est *sangé* dans la maison. Seulement, il est arrivé un malheur à ces pauv'dames, il vaut mieux que vous le sachiez tout de suite. La maman a eu une attaque.

— Une attaque ! Ah! mon Dieu !

— Oui, *une et demie plégie*, à ce qu'a dit le docteur. Et c'est bien triste, allez !... Ces dames n'étaient déjà pas *miyonnaires* ; et la maladie, dame, ça ne les enrichit pas... C'te pauv' demoiselle Zoé, si courageuse, si *aimabe !*...

Mais Albéric était las d'entendre parler ce dialecte spécial qu'on devrait appeler le « parisien », et la nouvelle du coup qui avait frappé ses voisines venait de réveiller son ancienne sympathie pour mademoiselle Zoé. Il grimpa donc lestement l'escalier et, s'arrêtant devant la porte du logement des dames Bouquet, il écouta, avec une émotion qui l'étonna lui-même, la légère trépidation de la machine à coudre. Hélas ! elle devait, maintenant, fonctionner plus que jamais, puisque le malheur était entré dans le pauvre logis et que la gêne y était devenue plus dure.

Le jeune homme sonna et mademoiselle Zoé vint lui ouvrir.

— Ah ! maman, s'écria-t-elle, voici une visite inattendue, mais qui va certainement vous faire plaisir. C'est notre ancien voisin, c'est monsieur Albéric.

Elle avait toujours ses yeux pleins de franchise et son charmant sourire de bienvenue, la petite mademoiselle Zoé. Mais elle avait un peu maigri, — car l'on ne devait pas se nourrir d'ortolans chez ces dames, — et la meurtrissure de ses paupières trahissait de longues nuits de veille.

Albéric sentit le discret reproche exprimé par le mot « visite inattendue », et salua d'abord madame Bouquet vieillie de dix ans, les cheveux tout gris, immobile — pour toujours, à présent ! — dans son grand fauteuil. L'ancienne « beauté », qui n'était plus qu'une pauvre paralytique, après avoir fixé pendant quelques instants sur le jeune homme ses yeux brillants et inquiets de malade, lui fit un faible signe de tête qui n'avait plus rien de majestueux.

— J'ai le devoir de m'excuser, dit Albéric, d'être resté si longtemps sans vous venir voir, mesdames. J'ai voyagé, j'ai fait une absence assez longue. (La vérité était qu'il les avait à peu près oubliées.) Je viens seulement d'apprendre par le père Constant, mademoiselle Zoé, que votre chère mère avait été malade, et je suis monté tout de suite prendre de ses nouvelles.

— Hélas ! oui, monsieur Albéric, répondit madame Bouquet d'une voix lente et pâteuse, oui, j'ai été... bien... bien malade... Voyez, je puis à peine remuer ma pauvre main... A cinquante-deux ans, c'est dur !... N'être plus bonne à rien !... Et si vous saviez tout le mal que je donne à ma chère Zoé !... Elle est si bonne, si dévouée pour moi... Elle est toute ma consolation.

Quel changement ! Ah ! la vieille dame, je vous prie de le croire, n'avait plus son maintien royal, son regard de Marie-Antoinette devant le Tribunal révolutionnaire. Etait-ce possible ? Elle se plaignait, et, bien plus, elle plaignait sa fille, elle parlait de Zoé tendrement, Mon Dieu, oui ! A quelque chose malheur est bon. La terrible épreuve subie par madame Bouquet avait accompli ce miracle. La maladie avait brisé ce caractère exigeant et altier, fondu l'égoïsme de ce cœur. Désormais condamnée à la tutelle de sa fille, incapable de rien faire sans son assistance, la mère comprenait, appréciait enfin son admirable enfant.

Zoé, après avoir baisé le front pâli de la paralytique, reprit sa place devant la « silencieuse » et se remit aussitôt à la faire palpiter, palpiter. Tic, tic, tic, tic.

— Maman me flatte et me gâte, dit-elle en tournant vers Albéric ses yeux limpides. Ce qu'elle en dit, c'est par bonté pour moi, et, quand elle se plaint, c'est pour faire mon éloge. Mais vous ne sauriez croire, au contraire, avec quelle vaillance et quelle résignation elle a supporté son accident. D'ailleurs, elle va déjà bien mieux. Tout à l'heure, à dîner, elle a pu serrer son verre dans sa mauvaise main et le porter à sa bouche. Je n'ai plus à lui rendre que des soins insignifiants... Vous savez qu'elle est étonnante d'énergie... Eh bien, je suis certaine qu'elle ne s'abandonnera pas, allez ! et qu'elle voudra, qu'elle veut aller mieux... Et vous verrez, monsieur Albéric, qu'elle finira par guérir tout à fait, à force de courage.

Non, non ! L'hémiplégie ne pardonne pas. La moitié du corps de madame Bouquet est inerte pour toujours, et la pauvre femme est absolument accablée par sa disgrâce. Mais, n'ayez crainte ! la petite Zoé n'en conviendra pas ; à tout prix, elle entretiendra dans l'esprit de sa mère la précieuse illusion, la consolante espérance. Elle poursuivra jusqu'au bout son touchant et pieux mensonge. Elle répétera sans cesse à cette impotente si faible et qui pleurniche à tout propos, elle la persuadera même qu'elle a gardé sa force d'âme et sa volonté d'autrefois. Elle ne lui permettra pas de trop s'attendrir, — car les émotions sont fatigantes et dangereuses pour les malades, — et elle se dérobera à ces douceurs, à ces baisers maternels dont elle a pourtant été bien sevrée. Que ne peut-elle rendre à l'infirme, devenue plus juste et meilleure, ses anciens défauts, sa froideur, sa dureté ? Comme elle consentirait à en souffrir de nouveau, la chère et excellente fille, si sa mère pouvait retrouver là un soutien moral contre l'infortune et la douleur !

Tic, tic, tic, tic, tic ! La machine à coudre peut bien courir tant qu'elle pourra et galoper de toutes ses forces. Elle ne rattrapera pas le cœur du jeune visiteur. Ah ! je vous assure qu'elle opère, et ferme, dans ce moment, la cure de misère entreprise par Albéric. Seulement elle va lui donner un anévrisme si cela conti-

Où est le cartel Louis XVI ? où sont les deux bonnes gravures, épaves du naufrage de la famille Bouquet, qui naguère encore décoraient la muraille ? Chez le marchand de bric-à-brac, à coup sûr. Oh ! grand Dieu ! elles en sont là ! Elle en est là, cette exquise petite Zoé, qui, de temps en temps, lève les yeux de

CHEZ LE MARCHAND DE BRIC-A-BRAC...

nue. Son cœur bat, son cœur bat douloureusement et délicieusement. Était-il donc aveugle ? Jamais il ne s'était aperçu comme aujourd'hui que, sans être bien jolie, mademoiselle Zoé est adorable. Que de grâce dans la vertu, que de simplicité dans le dévouement ! Et comme elle a dû souffrir, la pauvre petite, comme elle doit souffrir encore ! Surtout quelle angoisse du lendemain ! Car, c'est bien facile à voir, ces malheureuses femmes sont sur la limite même de l'indigence.

dessus son ouvrage et regarde Albéric d'un air triste et doux, qui veut dire : « Quel dommage que vous soyez riche ! » Elle en est là, à vendre le mobilier pour ne pas mourir de faim ! Oh ! quelle pensée insupportable !

Et, pendant que la maman Bouquet, de sa voix pleurarde et bégayante, raconte sa maladie et toutes les bontés de sa Zoé, de sa fille, Albéric, qui fait semblant de l'écouter, réforme ses projets d'avenir de fond en comble. Allons !

c'était idiot, c'était creux comme un radis, son existence de plaisirs. Demain, il donnera congé de son étouffant entresol, mettra dehors par les épaules le lovelace en guêtres café au lait, enverra sa démission au président des « Egoutiers », oubliera les adresses de Bordier et de Sautelet, fera table rase de tout son passé. Tout cela, c'était faux, archifaux, et il n'en a retiré que fatigue et dégoût. Faire son devoir, travailler, vivre pour les autres, voilà le vrai moyen de ne pas s'ennuyer. Des devoirs? Il n'en a guère à remplir, puisqu'il est indépendant et seul. Eh bien! il va s'en créer. Ah! vous vous imaginez, petite Zoé, qu'on ne peut pas vous aimer parce qu'on est riche? Vous allez voir ça. On vous épousera pour vos beaux yeux, entendez-vous? et pour votre gentille et adroite façon de faire glisser l'étoffe sous l'aiguille de votre « silencieuse ». Oui! mademoiselle, on deviendra le gendre respectueux de madame Bouquet, et même on vous aidera à soigner la pauvre infirme; et, quoiqu'on possède encore, malgré bien des folies, un capital suffisant pour vivre de ses rentes, on se remettra à travailler,

— parfaitement! Pas comme employé volontaire chez Cahun et fils, non; mais on se donnera une occupation; n'importe laquelle, fallût-il peindre comme papa, mais en simple amateur, des centaines de

douzaines d'huîtres, ou même se racheter un *Gradus* et cheviller des vers latins pour tuer le temps. Mais ce qu'il y a de sûr, mademoiselle Zoé, c'est qu'on vous

ZOÉ.

aime, c'est qu'on va vous demander en mariage et envoyer au diable toute la vie de garçon, et qu'on aura beaucoup moins de mérite, en faisant ce sacrifice, que ce brave M. Mataboul, quand il a renoncé à la politique et à la demi-tasse pour que sa petite nièce pût se coucher de bonne heure.

Brusquement, Albéric se leva, alla prendre par la main Zoé, stupéfaite, et la conduisit devant le fauteuil de l'impotente.

— Chère madame Bouquet, dit-il alors tout tremblant, pardonnez-moi, mais je ne vous ai pas dit la vérité tout à l'heure.

Non! je n'ai pas été absent, je suis resté à Paris, j'ai fait cent sottises et j'ai eu l'impolitesse et l'ingratitude de ne pas revenir chez vous... J'étais atteint d'une affreuse maladie qui ne sévit que chez les gens riches. Elle m'a coûté une centaine de mille francs, a quelque peu altéré ma santé, et elle commençait à gagner le cœur. Mais je viens de suivre un traitement énergique qui m'a radicalement guéri... Maintenant, chère madame Bouquet, vous pouvez d'un mot me rendre le plus heureux ou le plus infortuné des hommes. J'aime mademoiselle Zoé, j'ose espérer que je ne lui suis pas indifférent, et je vous demande tout franchement, à l'une et à l'autre, de m'accepter pour gendre et pour mari.

Eh! mon Dieu! Qu'a donc la pauvre petite? Voilà que sa tête défaillante tombe sur l'épaule du jeune homme, et qu'elle fond en larmes, la chère enfant! En vérité, elle l'aimait autant que cela? Puis, elle s'agenouille devant sa mère, lui prend sa main paralysée et l'inonde de pleurs. Et, Dieu me pardonne, Albéric lui-même a les yeux humides, se met aussi à genoux, et saisit l'autre main de madame Bouquet. Que voulez-vous que fasse la bonne dame, sinon pleurer à son tour en bénissant les amoureux ?

la Seine, et qui date du commencement du siècle. Il y a là une charmante terrasse sur laquelle on installe bien commodément dans les oreillers madame Bouquet, par les beaux jours, et d'où elle regarde passer les bateaux et filer

UNE TRÈS JOLIE MAISON...

Guéri par sa cure de misère, si courte, mais si efficace, et assuré d'une large aisance par les débris de son gros lot, Albéric, depuis le printemps dernier, habite, avec sa belle-mère et sa jeune femme, une très jolie maison de campagne, située à dix lieues de Paris, sur le flanc d'un coteau boisé, au bord de les trains de bois. La jeune madame Mesnard, qui a conservé sa « silencieuse », vient souvent travailler auprès de sa mère.

Elle est parfaitement heureuse, et son mari n'a pas encore trouvé de meilleure occupation que d'aimer sa femme. Cependant, au début de l'automne, pour remplir les longues soirées, il s'est mis à

faire des vers, non pas latins, c'eût été
trop stupide — mais français — et tous
à la louange de sa chère Zoé. Ils sont détestables ; mais n'ayez pas peur, Albéric
s'en doute et ne les publiera pas.

Le dimanche, M. Mataboul, qui s'est
établi marchand de vins en gros, grâce à
une somme assez ronde prêtée par Albéric, et qui réussit dans ses affaires,
vient dîner en famille avec sa nièce,
et madame Mesnard prodigue alors à la
petite Mariette ces tendres et instinc-
tives caresses où l'on devine qu'une jeune
femme sera plus tard une bonne mère.

Comme il est assez difficile de se pro-
curer du poisson à la campagne, M. Mataboul apporte volontiers un homard
tout cuit, dont la couleur flatte ses opinions radicales. Car l'homme du Midi
ne s'est point laissé corrompre par le
bien-être, et reste républicain rouge.
Sans négliger son commerce, il s'intéresse de nouveau beaucoup à la politique, et redevient quelquefois, par ce
seul fait, aussi « raseur » que jadis. Par

égard pour ses bonnes qualités, Albéric
le supporte ; mais, l'autre jour, le marchand de vins a scandalisé madame Bouquet en approuvant hautement l'incor-
poration des séminaristes dans l'armée
et en s'écriant : « Les curés, sac au dos ! »
Cependant, par une fâcheuse erreur de
logique, il a confié sa petite nièce à des
religieuses, « parce que, voyez-vous, les
sœurs, pour l'éducation des enfants, en
définitive, il n'y a qu'elles. »

Albéric a complètement rompu avec
ses camarades du Cercle des Egoutiers.
D'ailleurs, le gros Bordier, après une
légèreté financière un peu trop vive, a
dû mettre entre sa personne et la police
correctionnelle la frontière de Belgique.
Quant à Sautelet, dont le grand-père
était capitaine au long cours et avait
fait, pendant trente ans, la traite des
nègres pour un armateur de Nantes, il
exerce, par un phénomène d'atavisme
fort remarquable, une profession à peu
près analogue. Il est aujourd'hui directeur de théâtre.

Pour paraître le 1er Janvier 1911, le n° 50 :

NOUVELLE COLLECTION ILLUSTRÉE
CALMANN-LÉVY

L'ouvrage complet, **95** centimes. Relié, **1** fr. **50**.

PIERRE LOTI
de l'Académie française

Le
Roman d'un Spahi

Illustrations de PIERRE LOTI et M. MAHUT

NOUVELLE COLLECTION ILLUSTRÉE
CALMANN-LÉVY

L'ouvrage complet, **95** centimes. Relié **1** fr. **50**.

EN VENTE :

Nº 1. PIERRE LOTI, *de l'Académie française*	Pêcheur d'Islande.
Nº 2. ANATOLE FRANCE, *de l'Académie française*	Le Crime de Sylvestre Bonnard.
Nº 3. LUDOVIC HALÉVY, *de l'Académie française*	La Famille Cardinal.
Nº 4. FRANÇOIS COPPÉE, *de l'Académie française*	Le Coupable.
Nº 5. JULES RENARD	Poil de Carotte.
Nº 6. RENÉ BAZIN, *de l'Académie française*	Donatienne.
Nº 7. A. DUMAS FILS, *de l'Académie française*	La Dame aux Camélias.
Nº 8. GEORGES COURTELINE	Boubouroche.
Nº 9. PIERRE VEBER ET WILLY	Une Passade.
Nº 10. JULES LEMAITRE, *de l'Académie française*	Les Rois.
Nº 11. ANDRÉ THEURIET, *de l'Académie française*	L'Oncle Scipion.
Nº 12. ALPHONSE DAUDET	L'Immortel.
Nº 13. PROSPER MÉRIMÉE, *de l'Académie française*	Diane de Turgis.
Nº 14. GYP	Le Mariage de Chiffon.
Nº 15. FRANÇOIS COPPÉE, *de l'Académie française*	Toute une Jeunesse.
Nº 16. ABEL HERMANT	Les Grands Bourgeois.
Nº 17. HENRI DE RÉGNIER	Les Vacances d'un jeune homme sage.
Nº 18. GEORGES COURTELINE	Messieurs les Ronds-de-Cuir.
Nº 19. OCTAVE FEUILLET, *de l'Académie française*	Le Roman d'un jeune homme pauvre.
Nº 20. MARCELLE TINAYRE	Avant l'Amour.
Nº 21. RENÉ BOYLESVE	Le Parfum des Iles Borromées.
Nº 22. ANDRÉ THEURIET, *de l'Académie française*	Amour d'Automne.
Nº 23. EDMOND DE GONCOURT	La Fille Élisa.
Nº 24. LÉON FRAPIÉ	Marcelin Gayard.
Nº 25. RENÉ BAZIN, *de l'Académie française*	De toute son âme.
Nº 26. ALPHONSE DAUDET	La Petite Paroisse.
Nº 27. ABEL HERMANT	Confession d'un Enfant d'hier.
Nº 28. GEORGE SAND	Elle et Lui.
Nº 29. MARCELLE TINAYRE	Hellé.
Nº 30. GYP	Joies d'Amour.
Nº 31. HENRY MURGER	Scènes de la Vie de Bohème.
Nº 32. GUSTAVE GEFFROY	L'Apprentie.
Nº 33. A. DUMAS FILS, *de l'Académie française*	Affaire Clémenceau.
Nº 34. GEORGES COURTELINE	Le Train de 8 h. 47.
Nº 35. ÉMILE ZOLA	Thérèse Raquin.
Nº 36. HENRY MURGER	Le Pays Latin.
Nº 37. Comte DE VILLIERS DE L'ISLE-ADAM	Contes Cruels.
Nº 38. ALFRED CAPUS	Faux Départ.
Nº 39. GEORGE SAND	Indiana.
Nº 40. RENÉ BOYLESVE	La Becquée.
Nº 41. ABEL HERMANT	Confession d'un homme d'aujourd'hui.
Nº 42. JEAN RICHEPIN, *de l'Académie française*	Miarka, la fille à l'ourse.
Nº 43. ANDRÉ THEURIET, *de l'Académie française*	Charme Dangereux.
Nº 44. FRANÇOIS COPPÉE, *de l'Académie française*	Henriette.
Nº 45. TRISTAN BERNARD	Amants et Voleurs.
Nº 46. LÉON FRAPIÉ	La Maternelle.
Nº 47. GEORGES D'ESPARBÈS	Les Demi-Solde.
Nº 48. ALPHONSE DAUDET	Fromont jeune et Risler aîné.

PARIS. — IMP. L. POCHY, 52, RUE DU CHATEAU. — 857 10-10.

www.ingramcontent.com/pod-product-compliance
Lightning Source LLC
LaVergne TN
LVHW021902170726
843503LV00003B/1360